KB104956

들어가며

제주어는 2011년 유네스코에서 밝힌 '소멸 위기 언어' 5단계 중 '아주 심각한 위기'인 4단계로 지정되었습니다. 이 책은 제주어의 소멸을 막는 데에 기여하고자 하는 마음들이 모여 만들어졌습니다.

번역할 텍스트로 우리에게 친숙한 안데르센의 동화를 선정한 것은, 제주어를 처음 접하는 사람도 보다 쉽게 제주어의 세계에 다가갈 수 있기를 바랐기 때문입니다. 이 책을 통해 제주도의 문화와 아름다움이 담긴 언어를 기록하고, 또 그것을 여러분과 함께 읽을 수 있어 기쁜 마음입니다.

이 책의 〈미운 아기 오리〉와 〈성냥팔이 소녀〉의 번역은 김민희 님, 〈인어 공주〉의 번역은 변종수 님께서 작업해주셨습니다. 제작 과정에서 있었던 모든 미숙함을 너그럽게 이해해주시고, 프로젝트를 든든하게 지원해주신 두 분께 깊은 감사의 마음을 전합니다. 또한 프로젝트의 막막한 초입에서 등대와 같은 역할을 해주신 한라일보의 박세인 기자님, 제주도 토박이로서 끊임없는 질문에 흔쾌히 답해준 국어국문학과 강유광 학우, 늘 의지가 되는 조언을 아낌없이 주신 연세대학교 미래캠퍼스 국어국문학과 배정상 교수님,

안데르센 동화 원문 번역을 기증해주신 김선희 님께도 감사의 인사를 드립니다. 마지막으로 이 프로젝트를 재정적으로 지원해주신 연세대학교 미래캠퍼스 현장실습지원센터 및 캡스톤디자인 관계자분들에게도 감사드립니다.

이 책의 번역은 제주어의 '말맛'을 살리는 것에 가장 집중하였습니다. 따라서 원문의 단어를 그대로 직역하는 방식과 맥락에 따라 유연하게 의역하는 방식을 혼용하였습니다. 최대한 현대에 실제로 사용되는 제주어로 번역하고자 하였으며, 아래아(·)는 각 역자분의 의견을 존중해 〈구진 애기 오리〉와 〈곽팔이 지집아이〉에는 표기하였고, 〈인어 공주 (제주)〉에는 표기하지 않았습니다.

각 작품 뒤에는 이해를 돕기 위해 서울말로 된 원문을 실었습니다. 또한 각 작품에 사용된 제주어 단어들을 정리한 '작은 제주어 사전'을 책 말미에 실어, 제주어를 처음 접하시는 독자분들께서 참고하실 수 있도록 하였습니다. 작품의 모든 삽화는 이야기의 배경을 제주도로 상상하여 그림으로써 본문과 어울리도록 하였습니다.

이 책이 독자분들께 쉽고 즐거운 제주어 입문서가 되기를, 또 익숙한 이야기를 제주의 말로 다시 읽는 신선한 독서 경험을 제공하기를 희망합니다.

2023. 06. 유자수 이에스더

일러두기

* 아래아(ㆍ)는 제주어의 후설 원순 저모음(/ɒ/)을 표기하기 위한 글자로, 현대 서울말의 'ㅓ' 혹은 'ㅗ'와 발음이 유사합니다.

* 작품 번역에 있어, 제주어에서 서울말과 동일한 형태로 쓰이는 단어와 형태소는 서울말 원문 그대로 두었습니다.

* 역자에 따라 표기법을 달리하였으므로, 일부 단어는 같은 단어라도 다른 표기법으로 적혀 있을 수 있습니다. (예: '지집아이'와 '지지빠이')

참여한 사람들

김민희

제주에서 나고 자랐다. 경희대학교 영어영문학과 졸업 후 JIBS 제주방송 사회부 기자로 일하다 2013년 요리선생으로 전향, 지금껏 많은 이들에게 다양한 음식을 전수하고 있다. 2021년 제주음식에세이 『푸른 바당과 초록의 우영팟: 육지 사람들은 모르는 제주의 맛』을 출간했고, 이 책은 2021 한국문화예술위원회 문학나눔 수필 부문 우수문학도서로 선정되었다. 『제주어로 읽는 안데르센』에서 「미운 아기오리」와 「성냥팔이 소녀」의 제주어 번역으로 참여했다.

변종수

1985년부터 연극을 시작하여 동국대학교 문화예술대학원 연극예술과를 졸업하였다. Apple 제작 미국드라마 『파친코』, SBS 드라마 『인생은 아름다워』, MBC 드라마 『맨도롱 또똣』, 그리고 영화 『계춘할망』등에 출연 및 연기 코칭를 맡았다. 제주도 출신으로 제주어를 능통하게 구사하며 제주어 관련 작품을 감수해왔다. 『제주어로 읽는 안데르센 동화』에서 「인어공주」의 제주어 번역으로 참여하였다. 38년 이상 연극에 매진하며 현재 문화놀이터 '도채비'라는 문화공간과 극단을 운영 중이다.

김선희

한국외국어대학교를 졸업하고, 대학원에서 '외국어로서의 한국어 교육'을 공부했다. 소설 『십자수』로 근로자문화예술제에서 대상을 받았으며, 뮌헨국제청소년도서관(IYL)에서 펠로십(Fellowship)으로 어린이 및 청소년 문학을 공부했다. 그동안 펴낸 책으로는 『토머스 모어가 상상한 꿈의 나라, 유토피아』 등이 있으며, 옮긴 책으로는 「윔피 키드」, 「드래곤 길들이기」, 「위저드 오브원스」, 「멀린」 시리즈, 『생리를 시작한 너에게』, 『팍스』, 『두리틀 박사의 바다 여행』, 『공부의 배신』, 『난생처음 북클럽』, 『베서니와 괴물의 묘약』등 200여 권이 있다. 『제주어로 읽는 안데르센 동화』에 쓰인 모든 작품의 서울말 원문을 기증하였다.

지스더

연세대학교 미래캠퍼스 국어국문학과의 이에스더와 유지수가 제주어 도서 출간을 목표로 2023년 결성한 팀이다. 둘은 제주도의 문화와 제주어에 관심을 갖고 『제주어로 읽는 안데르센 동화』 출판을 기획하였다. 본서를 통해 전 세계인에게 친숙한 안데르센 동화로 제주어를 기록함으로써, 2011년 유네스코에 '아주 심각하게 위기에 처한(critically endangered)' 소멸위기언어로 등재된 제주어를 부흥시키고자 한다. 이에스더는 기획 총괄과 일러스트 및 디자인을 맡았고, 유지수는 기획과 편집을 맡았다. 『제주어로 읽는 안데르센 동화』를 계기로 많은 사람들이 쉽고 즐겁게 제주어의 맛과 향을 즐기기를, 그것이 제주어에 대한 더 많은 관심으로 이어지기를 바란다.

목차

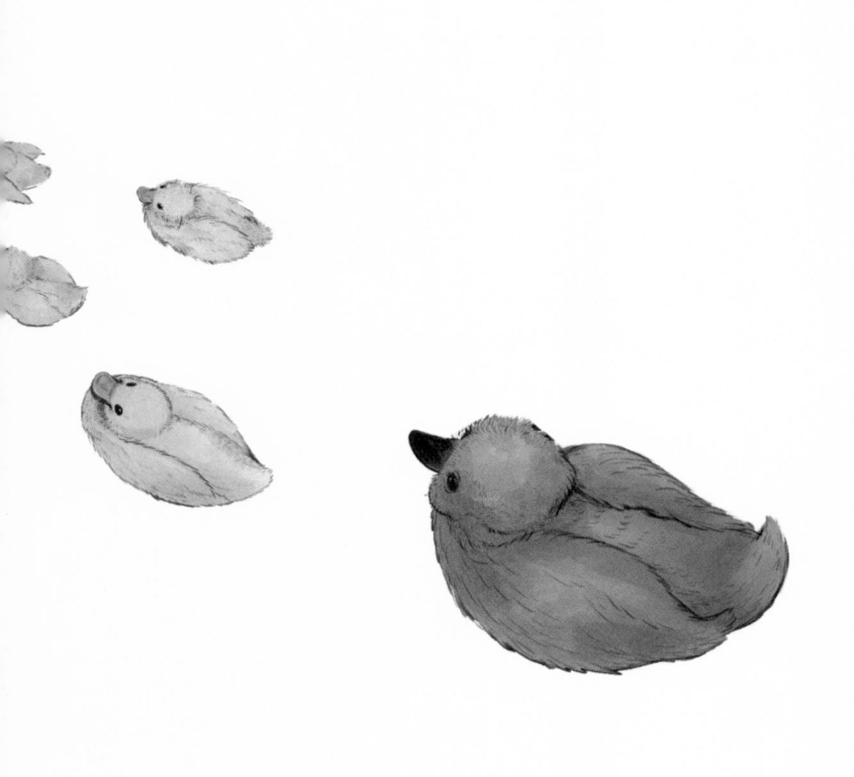

구진 애기 오리

촌에서는 밖이 막 곱닥ᄒᆞ다. 여름이었다. 밀밧은 황금빗으로, 귀리는 초록빗으로 물들곡 아레 푸른 초원에는 건초더미가 쌓였다. 벌겅헌 가달 황새가 종종 돌아뎅기고 어멍 황새신디 배운 이집트 말로 짹짹거렸다. 드르와 초원 주위로 장천 숲이 우거지고 한가운덴 짚은 호수가 여러 밧듸 이섰다. 경했다. 정말이지 촌의 야외 풍경은 곱닥ᄒᆞ다.

포근포근ᄒᆞᆫ 햇살 속에 오래된 영주의 저택이 호수에 둘러싸져 있다. 영주의 오른쪽 성벽에서 호수 쪽으로 큰큰ᄒᆞᆫ 우방ᄌᆞ 이파리가 커감신디 어떤 것들은 잘도 높앙 두린애들은 큰큰헌 낭가지 맨 우에 올라강 설 수도 이섰다. 숲 자체만큼이나 빽빽ᄒᆞᆫ 이 어지러운 낭썹 속에 오리 ᄒᆞᆫ 머리가 둥지를 틀곡 앚앙 새끼 오리를 낳고 있다. 어멍은 아맹해도 점점 버쳐가고 있다. 앚앙이신 게 엄창나게 숨ᄇᆞ로운 일이곡 혹시라도 들키민 안 되기 때문이다. 오리들은 이 우방지 이파리 아래로 뒤뚱거리멍 수다를 떠는 것보다 호수에서 헤엄치는 게 더 좋았다.

마침내 알이 ᄒᆞ나씩 ᄒᆞ나씩 갈라지기 시작했다.

“빽. 빽!”

두린 것들이 깨낭 앙작ᄒᆞ멍 고개를 내물었다.

“꽥. 꽥!”

어멍 오리가 와리멍 고랐다. 새끼들은 몬딱 종종거리멍 나왕 우방지 이파리 알로 초록 싀상을 ᄇᆞ렸다. 어멍은 실피 ᄇᆞ리게 해주었다. 초록색은 눈에 좋기 때문이다.

“싀상 ᄎᆞᆷ말로 넙다이.”

애기 오리들이 몬딱 ᄀᆞ랐다. 알 속보다 시방 확실히 더 널븐 곳에 이섰다.

어멍이 애기들신디 물었다.

“이디가 싀상의 전부랜 생각햄나? 저런, 싀상은 계속행 뻗엉 나가는거라. 마당 저쪽으로. 경ᄒᆞ고 목사의 들판꺼정.난 몬딱 ᄇᆞ지도 못했져. 몬딱 다 알에서 나왔지?”

어멍이 자리서 일어서멍 ᄀᆞ랐다.

“메께라, 아직 아니여게. 젤로 구짝한 알이 아직 남아신게. 얼마나 걸릴건고? 나 잘도 폭삭 네큰한디.“

어멍은 다시 둥지에 앚았다.

“자, 어떵 되어 가고 이수꽈?”

ᄒᆞᆫ 나 찬 오리가 찾아왕 물었다.

어멍은 ᄒᆞ나 남은 알에 앚앙 ᄀᆞ랐다.

“알 ᄒᆞ나가 잘도 오래 걸렴수다. 갈라질 생각을 안햄수다게. 경허여도 뚠 놈들 좀 보십서. 잘도 아꼽지 않으꽈? 똑 지 아방이라마씸. 츰! 이런 나쁜…! 서방은 털꺼럭조차 안 보염신게!”

노인 오리가 ᄀᆞ랐다.

“아직꺼정 갈라지지 않는다는 그 알 좀 들여다봅서게. 이런, 칠면조 알닮수다. 확실해마씸. 나도 ᄒᆞᆫ번 속았던 적 이수다. 을메나 애를 먹어신디 몰라마씨. 눔들이 물을 무셩합디다. 내가 아맹 악을 써봐도 아무 소용이 어십디다. 그 알 좀 봐봅서. 확실히 칠면조 알이우다. 내불어 두고 강 뚠 애들신디 헤엄치는 법이나 ᄀᆞ리치주마씸.”

“아, ᄒᆞ꼼만 더 앚앙 이서보젠마씸. 벌써 잘도 오래 이서수다. 메칠 더 앚앙이신게 나슬거 닮수다.”

“ᄆᆞ음대로 협서.”

할망은 어슬렁어슬렁 멀어져 갔다.

마침내 그 큰큰ᄒᆞᆫ 알을 깨고 애기가 나왔다.

“삑.”

애기가 아중아중 걸엉 나와신디 엄창나게 큰큰ᄒᆞ고 구졌다.

어멍은 애기를 ᄇᆞ리고는 ᄀᆞᆯ았다.

“잘도잘도 큰큰ᄒᆞᆫ 오리여. ᄄᆞᆫ 오리영 ᄒᆞ끔도 달므지 않았져. 진짜 애기 칠면조라? 좋아. 좋아! 내가 곧 알아내사켜. 놈은 물속에 들어갈 거 아니라. 내가 밀어 넣어서라도 말이주.”

다음 날 날씨가 막 볼아서 태양이 그 초록 우방지 이파리를 비추었다. 어멍 오리는 성을 둘러싸고 있는 호수로 가족을 몬딱 이끌었다. 첨벙! 어멍이 물속으로 들어갔다.

“꽥. 꽥!”

애기 오리가 ᄒᆞᆫ 마리, ᄒᆞᆫ 마리씩 물에 들어갔다. 머리까지 풍당 빠졌다. 경해도 눈 깜짝할 새 우로 올라왕 완벽ᄒᆞ게 둥둥 떠다녔다. 가달이 절로 가들락가들락허영 모두가 호수에 떠 이섰다. 그 큰큰허고 구진 회색 오리조차 내내 헤엄쳤다.

“메께라, 칠면조가 아니여게. 발도 멋지게 잘 움직염신게. 몸도 구짝 평. 어떵ᄒᆞ였든간에 내 아들이여. ᄎᆞᆫᄎᆞᆫ히 보민 꽤 잘생겨서. 꽥. 꽥 어멍신디 오라. 어멍이 싀상으로 데령강 오리 농장을 보여주키여. 경허여도 어멍 조끗디 바싹 붙엉 이시라. 볿히지 않게. 고냉이 조심허곡!”

경 오리 가족은 농장으로 나아갔다. 그곳에 벨안간 소동이 벌어지고 이섰다. 오리 가족들이 장어 데구리를 두고 싸움을 벌리고 이섰기 때문이다. 결국 고냉이가 낚아채갔다.

“봐보라. 저게 싀상이여.”

어멍도 그 장어 데구리에 군침이 돌았기에 부리를 ᄒᆞᆴ으멍 ᄀᆞ랐다.

“가달을 움직거리라. 숨ᄇᆞ롭게 돌아다니라게. 저편 나 찬 오리 할망신디 인사ᄒᆞ고. 저 할망은 막 고상한 사름이라. 스페인 피가 흐르주게. 경행 정 살집이 좋은 거라. 가달에 벌겅ᄒᆞᆫ 끈 조각 좀 봐보라. 멋지지이? 오리가 가질 수 이신 제라진 패족이주게. 그건 사름들이 저 사름을 놓치고 싶어ᄒᆞ지 않는다는 패족이여게. 사름이나 짐승신디 특별한 관심을 끌주게. 몸을 털라. 발끗을 안으로 돌리지 말곡. 교육을 잘 받은 오리는 발끗을 밖으로 돌린다게. 부모가 하는 거추룩. 영. 경ᄒᆞ난 이제! 목을 숙영 꽥 외보라!”

애기들은 어멍이 시키는 대로 했다. 이들 주위로 뜬 오리들이 구경하멍 크게 왮다.

"이디 좀 봐봅서! 또 새끼들이 태어난거 닮수다. 이디 오리가 모지렌 줄 알암신가? 경ᄒᆞ고, 메께라! 뭐 정도 구진 오리가 다 있지! 못 봐주키여."

어떤 오리 ᄒᆞᆫ 마리가 앞으로 나서더니 회색 오리 목을 콱 물었다.

어멍이 웨우쳤다.

"가이 내붑서게! 가인 아무 짓도 안 ᄒᆞᆯ거우다. 가이가 뭘 어떵했댄 경햄수가?"

경ᄒᆞ자 목을 물었던 오리가 ᄀᆞ랐다.

"안 헐테주. 근디 너미 크고 이상하지않애? 경ᄒᆞ난 ᄒᆞᆫ번 대차게 맞아사 된댄ᄒᆞ난."

발에 벌겅한 끈 조각을 단 나 찬 오리가 ᄀᆞ랐다.

"벤벤한 아이들을 두어수다. 몬딱 예쁜게만씸. 저 ᄒᆞᆫ 놈만 빼고. 졸바로 나오지 못한 모양이우다. 가일 다시 낳지도 못하곡. 안되수다게."

어멍이 되받아쳤다.

“그건 어쩔 수 어신거마씨. 삼춘. 야인 경 벤벤ᄒᆞ게 생기진 못해수다만은 막 착ᄒᆞ고 또 애들만큼 물에도 잘 들어마씨. 아니주, ᄒᆞ썰 더 잘 ᄒᆞᆫ덴 ᄀᆞ라야되쿠다. 나 차민 ᄂᆞᆺ이 게도 좀 나사질테주. ᄒᆞ꼼 이시면 경 크지도 않을 거곡. 알 속에서 너미 오래 이서부난만씨. 경행 외모가 좀 ᄯᅩ난 거마씸.”

어멍은 고개를 휙 돌리고는 부리로 새끼 오리의 깃털을 쓰다듬었다.

“경ᄒᆞ고 이 애는 수커라마씸. 경ᄒᆞ난 큰 게 경 문제가 되지 않을 거우다. 야이가 튼튼해질 거랜 생각ᄒᆸ니다게. 확실히 요망진 아이가 될 거라만씸.”

나 찬 오리가 ᄀᆞ랐다.

“또 새끼 오리들은 꽤나 아ᄁᆞ운디. 이젤랑 이디 집에서 잘 지내붑서. 장어 데구빡을 보민 나신디 가져오곡!”

경행 그곳에서 펜안하게 지냈다. ᄒᆞ여도 알에서 막끗에 나온 그 설룬 오리, 막 구진 오리는 또 오리허고 ᄃᆞᆨ들신디 이디저디 쪼이고 거밀리고 놀림을 당ᄒᆞ였다.

“자인 너미 커.”

몬딱 ᄀᆞ랐다. 박차추룩 뒤 발콥을 돌앙 태어났댄 지가 황제랜 여기는 수커 칠면조는 돛이 뽕뽕ᄒᆞᆫ 배추룩 몸을 부풀리멍 고르륵 고르륵 위협을 해댕 마침내 애기 오리는 ᄂᆞᆺ이 뻘겅해졌다. 설룬 애기 오리는 어디 서 이서야 ᄒᆞᆯ지. 어디로 걸엉가야 ᄒᆞᆯ지 알지 못했다. 이녁이 너미도 구져부난, 농장

전체의 비웃음거리가 되엉 잘도 설러웠다.

경 첫날이 지나갔다. 경ᄒᆞ고 나서 더욱더 심해졌다. 이 설룬 새끼 오리는 모두에게 내몰리멍 얻어맞았다. 형제자매조차 이 애기 오리신디 배ᄉᆞᆯ긎게 ᄃᆞ울렸다. 형제들은 언제나 영 ᄀᆞ랐다.

"아, 저 고냉이가 너를 콱 벨라먹어불민 조으켜. 이 구진 놈아."

어멍 오리도 ᄀᆞ랐다.

"차라리 멀찍이 가불민 좋으켜."

오리들은 이 구진 애기 오리를 쏠고 암ᄃᆞᆨ들은 콕콕 ᄌᆞᆺ아댔다. 농장에 모이를 주는 지집아이는 발꼽데기로 이 애기 오리를 툭툭 찼다.

경ᄒᆞ영 애기 오리는 ᄃᆞᆯ아났다. 울담을 넘엉 멀리 ᄃᆞᆯ아났다. 덤벌 속의 ᄌᆞ근 새들이 놀랑 쏜살ᄀᆞᇀ이 후다닥 ᄂᆞᆯ아올랐다.

'내가 너미 구져부난 정ᄒᆞ는 거여.'

애기 오리는 눈을 질끈 곰았다. 경ᄒᆞ여도 계속행 ᄃᆞᆯ렸다. 마침내 들오리들이 사는 큰큰ᄒᆞᆫ 늪지에 이르렀다. 그곳에서 버치고 상심한 채 밤새도록 누웡 이섰다.

아침이 되난 들오리들이 날아왕 새로운 친구들을 ᄇᆞ렸다.

“넌 무신 동물이고?”

애기 오리가 이디저리 몸을 돌리멍 새로운 동무신디 고개를 숙영 인사하자, 들오리들이 물었다.

들오리들이 ᄀᆞ랐다.

“너 금착할정도로 구지다게. 경ᄒᆞ여도 뭐. 우리신딘 상관없주. 너가 우리 집에 장개 들지 않는 한…….”

설룬 애기 오리! 겔혼은 눈곱만큼도 생각이 어섰다. 갈대밭디 앚앙 늪지의 물을 ᄒᆞ썰 먹게만 해주민 더 바랄 게 어섰다.

그 디서 애기 오리는 이틀을 꼬박 보냈다. 경ᄒᆞ당 좀 ᄂᆞᆾ두께운 수커 기러기 두 머리를 만났다. 확실히 알에서 나온 지 얼마 되지 않았다.

놈들이 ᄀᆞ랐다.

“어이, 거기 친구. 너 ᄎᆞᆷ 구지게 생겼져이. 경행 너가 ᄆᆞᆷ에 들엄져. 우리신디 오라. ᄀᆞᇀ이 철새가 뒝 ᄂᆞ돌아댕기자. ᄌᆞ끗디 뜬 늪지에 곱뜩한 오리들이 있져. 몬딱 곱고 젊고 노래도 잘 ᄒᆞᆫ다. 너가 각시를 구할 좋은 기회여. ᄂᆞᆾ은 구지다만은 운을 믿어보라게.”

탕! 탕!

허공에 총소리가 울려 퍼졌다. 이 수커 두 머리는 갈대밧 사이로 털어졍 뒈싸졌다. 물이 기러기 피로 시뻘겅ᄒᆞ게 물들었다. 탕! 탕! 총소리가 웨울렸다. 사격이 ᄄᆞ시 시작되자 갈대밧디 기러기 떼가 몬딱 놀아올랐다. 거랑거랑ᄒᆞᆫ 사냥 중이었다. 사냥꾼들은 늪지 주위를 모두 에우쌌는데 어떤 이들은 심지어 갈대 우로 늘어진 낭가지에 자리를 잡았다. 파란색 연기가 낭그늘에서 구름처럼 피어올라 물 위로 저 멀찍이 흘러갔다.

사냥개들이 ᄃᆞᆯ려들었다. 첨벙! 늪 사이로 사방에서 갈대가 뒈싸졌다. 그 모습이 애기 오리는 너미 무셩 고개를 돌령 날개 사이로 파묻었다. ᄒᆞ지만 바로 이 순간 무시무시한 큰큰ᄒᆞᆫ 개 ᄒᆞᆫ 머리가 애기 오리 바로 앞에 나타났다. 헷바닥을 주둥이 밖으로 쑥 내밀고는 그 사악한 눈동자로 금착하게 노려보았다. 큰큰ᄒᆞᆫ 주둥이를 벌령 날카로운 이빨을 빈찍 드러냈다. 철퍽, 철퍽. 사냥개는 애기 오리를 건드리지 않고 구짝 걸어갔다.

애기 오리는 한숨을 폭 내쉬었다.

"하늘이 도왔져. 내가 하도 구져부난 저 개도 굳이 나를 물잰 들지 않암신게."

오리는 꼼짝도 안행 속숨행 이섰다. 그 사이 총성은 계속되엉 총알이 갈대밭 사이로 후드득 털어졌다. 그날 늦게 ᄄᆞ 주위가 ᄌᆞᆷᄌᆞᆷ해졌다. 그때조차 이 설룬 오리는 감히 움직이지 못했다. 서너 시간 지다리고 과감히 주위를 둘러ᄇᆞ랬다. 이윽고 그 늪지에서 죽어라 ᄃᆞᆯ아났다. 오리는 드르와 초원을 지났다. ᄇᆞ름이 세차게 불어왕 발걸음을 움직거리기가 삐빠지게 심들었다.

치냑 늦게, ᄌᆞᆨ고 허름한 소막사리에 도착했다. 그 막사리는 금방이라도 무너질 거 같았다. 마치 어느 쪽으로 넘어질지 몰랑 기냥 경 서이신 듯했다. ᄇᆞ름이 잘도 세차게 불엉 이 설룬 구진 오리는 ᄇᆞ름을 전디젠 바닥에 멜싹 들어앚았다. 폭풍은 ᄌᆞᆷᄌᆞᆷ 더 거세졌다. 경ᄒᆞ여도 경첩 ᄒᆞ나가 헐거워진 바람에 문이 꽤 기울어졍 그 트멍으로 몸을 밀어 넣을 수 있다는 걸 알아차렸다. 경행 안으로 몸을 밀어 넣었다.

그디, ᄒᆞᆫ 할망이 고냉이 ᄒᆞᆫ 머리와 암ᄃᆞᆨ ᄒᆞᆫ 머리와 ᄒᆞᆫ디 살고 이섰다. 고냉이는 할망이 "우리 애기"랜 불러신디 등을 둥글게 말기도, 가르랑거리기도, 심지어 터럭을 곤두세우멍 불꼿을 피울 수도 이섰다. 암ᄃᆞᆨ은 가달이 잘도 ᄍᆞᆲ앙 할망이 'ᄍᆞᆲ은 가달 꼬꼬'랜 불렀다. ᄍᆞᆲ은 가달 꼬꼬는 알을 잘 낳앙 할망은 마치 자기 애추룩 이 암ᄃᆞᆨ을 아끕게 여겼다.

아침이 되자 고냉이와 암ᄃᆞᆨ은 이 이상한 애기 오리를 금세 알아차렸다. 고냉이는 가르랑거리고 암ᄃᆞᆨ은 꼬꼬댁 꼬꼬 웨우치기 시작했다.

"무사, 무신 일인디 경햄시니?"

할망이 주위를 ᄇᆞ렸다. ᄒᆞ여도 눈이 좋지 않았다. 경행 이 애기 구진 오리를 질 잃은 살진 오리로 착각했다.

"잘 잡아신게. 이제 오리 알이 생기키여. 놈이 수커만 아니민 말이여. ᄒᆞᆫ번 ᄇᆞ려보게."

경행 3주 동안 그영저영 지내게 되었다. ᄒᆞ여도 오리는 알을 ᄒᆞ나도 낳질 못했다.

이 집에서 고냉이가 바깥주인이고 암ᄃᆞᆨ이 안주인이었다. 둘은 언제나 ᄀᆞ랐다.

“우리가 바로 이 세상이주.”

둘은 지네가 세상의 반이며, 단연코 나머지 반보다 지네가 낫댄 생각했다. 애기 오리는 ᄄᆞ나게 생각했지만 암ᄃᆞᆨ은 귀담아듣잰 ᄒᆞ지 않았다. 암ᄃᆞᆨ이 물었다.

“너 알 낳을 수 이시냐?”

“아니.”

“경ᄒᆞ민 속솜행 이시는 게 좋을거여.”

고냉이가 물었다.

“너 등을 둥글게 말아지나? 가르랑거리는 건? 불꼿 피우는 건?”

“아니.”

“게민 요망진 사름들이 ᄀᆞ를 땐 속솜행 이시라.”

애기 오리는 잘도 낙담한 채 고망에 앚앙이섰다. 경ᄒᆞ당 문뜩 신선한 공기와 햇빗이 기억났다. 호수에서 헤엄치고 싶은 ᄆᆞ음이 간절행 어쩔 수 어시 암ᄃᆞᆨ신디 그 말을 털어놓았다.

암ᄃᆞᆨ이 웨우쳤다.

“두렁청이 뭔 생각을 햄시니? ᄒᆞᆯ 일 어샤? 경ᄒᆞ난 그런 뚜럼곹은 생각이 드는 거라. 우리신디 알을 낳아주든지 안 그러민 가르랑거리는 거나 배우라. 경ᄒᆞ면 그따위 생각이 안 들거난.”

“ᄒᆞ여도 물 우를 둥둥 떠다니민 기분이 잘도 좋은다. 물속으로 들어갈 때 물이 머리 우로 쏟아지는 느낌이 막 좋주게.”

“기여. 잘도 좋을 거여. 넌 정신이 나간 게 틀림업져. 고냉이신디 물어봥오라. 고냉이는 내가 아는 젤로 역은 아이라. 그 애가 헤엄치거나 물속에 들어가는게 좋댄ᄒᆞ는지 어떤지 ᄆᆞᆯ이여. 뭐, 나는 굳이 말ᄒᆞ진 않으커만은. 경ᄒᆞ여도 우리 주인 노파신디 물어보라. 이 세상에서 그 노파만큼 똑똑ᄒᆞᆫ 사름은 어시난. 그 할망이 헤엄치러 강 물을 머리 우에 뒤집어쓰는 거 좋댄ᄒᆞᆯ 거 닮으냐?”

“너는 내 말을 이해 못ᄒᆞ는 거 닮다.”

애기 오리가 대답했다.

“저런. 우리가 이해 못ᄒᆞ면 누가 이해를 ᄒᆞᆯ 거니? 혹시 너 고냉이하고 할망보다 너가 더 영리ᄒᆞ댄 생각ᄒᆞ는 거 아니지? 나는 ᄀᆞ를 것도 없고……. 얼라야, 까불지 말라이. 너한티 베푼 친절을 감사히 여기라고. 이 아늑한 방에 들어왕 너신디 이래라 저래라 ᄀᆞ리치는 사름들하고 살고 있지 않암시냐? ᄒᆞ여도 넌 돌멍청구리라부난 너랑 이신 건 재미 ᄒᆞ나 어서. 정말이지, 이것도 다 너 잘 되랜 ᄒᆞ는 소리여. 듣기 구진 소리를 ᄒᆞ고 있주만은. 이게 바로 누게가 네 진짜 친구인지 너가 알아지는 유일한 질이라고. 경ᄒᆞ난 알이나 돈돈히 낳아. 가랑거리거나 불꽃 피우는 걸 어여 재기 배우라고."

"나는 널븐 세상으로 나가는 게 좋으켜."

"좋을 대로 ᄒᆞ라."

경ᄒᆞ영 오리는 그 집을 떠낭 질을 나섰다. 곧 물을 찾앙 헤엄도 치고 물장구도 쳤다. ᄒᆞ여도 살아이신 동물은 몬딱 애기 오리가 구지댄ᄒᆞ멍 무시했다.

가을이 되어, 숲속 낭가지 이파리는 알록달록 단풍이 들고 ᄇᆞ름은 낭가지 이파리를 멀리멀리 데령 갔다. 눈과 강첸이로 구름이 낮게 깔리자 하늘이 꽁꽁 언 듯 보였다. 가마귀가 울담에 앚앙 비명을 질러대멍 추위에 빌빌 떨었다.

"깍! 깍!"

추위를 생각하자 오리는 몸이 돌돌거려졌다. 설룬 오리!

어느 날 저녁, 태양이 자취를 감추자 갈대밧띠 잘도 멋지고 큰큰훈 새 무리가 나타났다. 애기 오리는 경도 고운 새를 본 적이 어섰다. 이 새들은 우아하고 기다란 목이 달려이서신디 새하양ᄒ게 빗났다. 백조엿다. 이 새들은 보다 ᄃ᠋ᆺᄃ᠋ᆺ훈 땅, 그리고 드널븐 물을 향해 이 실려운 땅에서 놀아오르려 웅장한 날개를 펴멍 이상한 울음을 토해냈다. 새들은 높이, 막 높이 올라갔다. 구진 애기 오리는 이 새들이 지나간 자리를 따랑 목을 질게 빼고는 기괴하고도 야릇한 소리를 웨울렸다. 이녁양으로도 금착 놀랐다. 아! 아기 오리는 저 화려하고 행복한 새들을 잊을 수가 어섰다. 더 이상 그 새들이 눈에 ᄇ᠋ᆞ려지지 않게 되었을 때 아주 깊숙이 물속으로 들어갔다. ᄄᆞ시 물 우로 올라왔을 때는 어떵홀 줄을 몰랐다. 그 새들이 무슨 샌지, 어디로 가는지 몰랐다. ᄒᆞ여도 그 어느 거보다 그 새를 궤했다. 불러ᄒᆞ서가 아니었다. 어떵ᄒᆞ영 이녁이 경이나 대단한 아름다움을 꿈꾸고 바랄 수 있을까? 오리들이 이녁을 전뎌준다면 그자 고맙기만 홀 것이다. 설룬 구진 애기 오리!

겨울은 점점 얼어갔다. 어떵ᄒᆞ민 그 자락 언지 물이 얼지 않도록 계속 행 물속에서 이리저리 헤엄쳐야 했다. ᄒᆞ여도 밤마다 헤엄치는 고망은 계속행 조아졌다. 이윽고 물이 꽁꽁 얼엉 오리는 그 쩍쩍거리는 얼음이 다가오지 못ᄒᆞ게 숨ᄇᆞ롭게 움직였다. 마침내 움직이기도 너미 지쳤다. 얼음 속에서 꽁꽁 얼어붙고 말았다.

아침 일찍 농부가 지나가당 보고 연못으로 강 낭 신으로 얼음을 깨고는 애기 오리를 아내가 이신 집으로 데령갔다. 그디서 살아나긴 했주만은, 애들이 오리와 놀잰 했을 때 오리는 이녁을 해치는 줄 알고 금착행 우유 통으로 튀어 들어가당 사방에 우유를 잘잘 흘리고 말았다. 부인이 비명을 지르멍 두 손을 들어 올리자 오리는 버터 통으로 ᄂᆞᆯ아갔당 여물통에 들어갔다. 시방 오리가 어찌 ᄇᆞ려지는지 상상해 보라! 여인은 비명을 질러가멍 부집게로 오리를 거리쳤다. 애들은 오리를 잡잰ᄒᆞ당 ᄒᆞᆫ디 걸령 넘어졌다. 깔깔 우시멍 소리를 질러댔다. 다행히도 문이 열려 있었다. 오리는 골밧으로 ᄃᆞᆯ아났다. 그곳 새로 내린 눈 속에 두렁청허게 속ᄉᆞᆷ행 이섰다.

오리가 이 혹독한 겨울 동안 전뎌야 했던 고난과 비참함은 너미 설러웡 이루 다 말로 ᄀᆞᆮ질 못ᄒᆞᆯ 것이다. ᄃᆞ슨 태양이 한번 더 비출 때 애기 오리는 경해도 늪지 갈대밧디 목숨을 부지하고 이섰다. 종달새가 ᄄᆞ시 지저귀기 시작했다. 곱드락ᄒᆞᆫ 봄이 되었다.

경ᄒᆞᆫ디 문뜩 애기 오리는 ᄂᆞᆯ개를 들렁ᄇᆞ렸다. 전보다 더 쎄게 공기를 내갈랐다. 심이 좋으난 오리의 몸을 멀리 데령 나갔다. 무신 일인지 미처 알아채기도 전에 이녁이 사과낭꼬시 활짝 필 큰큰ᄒᆞᆫ 정원에 있다는 것을 알았다. 코시롱한 라일락 내가 고득ᄒᆞ고 기다란 꼿송이가 ᄃᆞᆯ린 초록색 낭가지가 구불구불 흐르는 내창 우로 드리워져 있다. 아, 이디는 잘도 사랑스럽고 싱그러운 봄이다!

구진 오리 앞 덤벌 속에서 곱닥ᄒᆞᆫ 하얀 백조 세 머리가 다가왔다. 백조들은 깃털을 곤두세우고는 내창 속에서 경쾌하게 헤엄쳤다. 애기 오리는 저 고상한 동물들을 알아보았다. 경ᄒᆞ자 야릇한 설룸이 밀려왔다.

“난 저 고귀한 새들 조끗디 ᄂᆞᆯ아가겠어. 저 새들은 나를 콕콕 조스려 들테주. 구진 주제에 조끗디오잰 햄덴ᄒᆞ멍. ᄒᆞ여도 난 신경쓰지 않으켜. 저 백조들신디 죽는 게 더 낫주. 오리들신디 물리곡 암ᄃᆞᆨ신디 쪼이고 독장 지집아이신디 발로 차이고 겨울에 삐빠지게 속는 거보단…….”

경ᄒᆞ연 애기 오리는 물속으로 놀아 들어강 그 화려한 백조들을 향행 헤엄쳐갔다. 백조들이 구진 애기 오리를 ᄇᆞ리더니 짓털을 부풀리멍 스르르 다가왔다.

“나를 죽입서!”

설룬 애기 오리가 ᄀᆞ랐다. 경ᄒᆞ멍 죽음을 지다리멍 물 우로 고개를 봉그렸다. ᄒᆞ여도 거기 투명한 내창 물에 비친……. 오리가 ᄇᆞ린 놋꼴은? 오리는 이녁의 꼴을 ᄇᆞ렸다. 더 이상 꼴사납고 구진 잿빗 새는 ᄇᆞ려지지 않았다. 바로 이녁의 모양이 ᄇᆞ려졌다. 오리 농장에서 태어난 건 아무 문제가 아니다……. 백조의 알에서 나왔다면.

구진 애기 오리는 무수한 고난과 역경을 거쳤기에 막 지꺼졌다. 시방 이녁이 만난 행운과 아름다움을 순 이해했다. 큰큰ᄒᆞᆫ 백조들이 조끗디로 다가왕 부리로 쓰다듬어 주었다.

멧멧 얼라들이 정원으로 왕 물 우로 곡식과 빵조각을 데꼈다. 젤 어린 아이가 웨었다.

“이디 백조 ᄒᆞᆫ 마리 새로 왔져!”

뜬 애들도 지꺼정 웨쳤다.

“게난. 새 백조가 와신게!"

애들은 손뼉을 치멍 빙글빙글 춤을 추고는 부모님을 데령 왔다.

사름들은 빵과 과자를 데껴 줬다. 몬딱들 입을 모앙 ᄀᆞ랐다.

“새 백조가 젤로 반반ᄒᆞ다. 막 줆고 잘고 아ᄁᆞ와.”

나 찬 백조들이 지뻐허멍 고개를 숙였다.

경ᄒᆞ자 애기 오리는 너미 비치로웡 ᄂᆞᆺ을 ᄂᆞᆯ개 속에 파묻었다. 이게 다 어떵ᄒᆞ연 된 일인지 알지 못했다. 잘도 행복했지만 거드럭거리지 않았다. 착ᄒᆞᆫ 모음세는 당췌 경ᄒᆞᆫ 법이 없기 때문이다. 이녁이 무시당하고 놀림당ᄒᆞ던 일을 떠올렸다. 경ᄒᆞᆫ디 이제 몬딱들 젤 곱닥ᄒᆞ고 곱드락ᄒᆞᆫ 새랜 칭찬허는 소리가 들렸다. 라일락은 이 백조 앞 내창에 꼿송이를 담갔다. 태양은 막 ᄄᆞᄄᆞᆺᄒᆞ고도 포근ᄒᆞ게 비추었다. 어린 백조는 짓털을 부풀리고는 가는가는ᄒᆞᆫ 목을 높이 쳐들곡 가심이 터질 듯 왰다.

“구진 오리여실 때는 영 큰 행복을 꿈도 꿀 수 어섰어.”

미운 아기 오리

시골에서는 밖이 무척 아름답다. 여름이었다. 밀밭은 황금빛으로, 귀리는 초록빛으로 물들고 아래 푸른 초원에는 건초더미가 쌓였다. 붉은 다리 황새가 종종 돌아다니며 어미 황새한테 배운 이집트 말로 꽥꽥거렸다. 들판과 초원 주위로 너른 숲이 우거지고 한가운데에는 깊은 호수가 여러 개 있었다. 그렇다, 정말이지 시골의 야외 풍경은 아름답다.

따사로운 햇살 속에, 오래된 영주의 저택이 호수에 둘러싸여 있다. 영주의 오른쪽 성벽에서 호수 쪽으로 커다란 우엉 잎이 자라는데 어떤 것들은 꽤나 높아서 어린아이들은 커다란 가지 맨 위에 올라가 설 수도 있었다. 숲 자체만큼이나 빽빽한 이 어지러운 나뭇잎 속에 오리 한 마리가 둥지를 틀고 앉아 새끼 오리를 낳고 있다. 어미는 아무래도 점점 지쳐가고 있다. 앉아 있는 게 엄청나게 지루한 일이고 혹시라도 들키면 안 되기 때문이다. 오리들은 이 우엉 잎 아래를 뒤뚱거리며 수다를 떠는 것보다 호수에서 헤엄치는 게 더 좋았다.

마침내 알이 하나씩 하나씩 갈라지기 시작했다.

“빽, 빽!”

어린 것들이 깨어나 울어대며 고개를 내밀었다.

“꽥, 꽥!”

어미 오리가 서둘러 말했다. 새끼들은 모두 종종거리며 나와서 우엉 잎 아래 초록 세상을 보았다. 엄마는 실컷 보게 해주었다. 초록색은 눈에 좋기 때문이다.

“세상 참 넓다.”

아기 오리들이 모두 말했다. 알 속보다 지금 확실히 더 넓은 곳에 있었다.

엄마가 아기들에게 물었다.

“여기가 세상의 전부라고 생각하니? 저런, 세상은 계속해서 뻗어 나간단다. 마당 저쪽으로, 그리고 목사의 들판까지. 난 다 보지도 못했어. 모두 다 알에서 나왔지?”

어미가 자리에서 일어나며 말했다.

"아니, 아직 아니네. 제일 큰 알이 아직 남아 있구나. 얼마나 걸리려나? 난 정말이지 몹시 피곤한데."

어미는 다시 둥지에 앉았다.

"자, 어찌 되어 가고 있어요?"

한 나이 든 오리가 찾아와 물었다.

어미는 하나 남은 알에 앉아서 말했다.

"알 하나가 꽤 오래 걸리네요. 갈라질 생각을 안 해요. 그래도 다른 녀석들 좀 보세요. 최고로 귀여운 아이들이에요. 자기 아빠를 꼭 빼닮았어요. 참! 이런 나쁜…! 남편은 털끝조차 안 비치네!"

노인 오리가 말했다.

"아직 갈라지지 않는다는 그 알 좀 들여다봅시다. 이런, 칠면조 알이네. 확실해요. 나도 한번 속았던 적이 있어요. 얼마나 애를 먹었는지 몰라요. 녀석들이 물을 무서워하더라고요. 내가 아무리 악다구니를 쳐도 아무 소용이 없었어요. 그 알 좀 봐요. 확실히 칠면조 알이에요. 내버려 두고 가서 다른 애들한테 헤엄치는 법이나 가르쳐요."

"아, 조금만 더 앉아 있을게요. 벌써 아주 오랫동안 있었는걸요. 며칠 더 앉아 있는 게 낫겠어요."

"맘대로 해요."

노파는 어슬렁어슬렁 멀어져 갔다.

마침내 그 큰 알을 깨고 아기가 나왔다.

"삑."

아기가 아장아장 걸어 나왔는데 엄청나게 크고 못생겼다.

어미는 아기를 쳐다보고는 말했다.

"어마어마하게 커다란 오리네. 다른 오리하고 조금도 닮지 않았어. 정말 아기 칠면조일까? 좋아, 좋아! 내가 곧 알아내겠어. 녀석은 물속에 들어갈 거야. 내가 밀어 넣어서라도 말이야."

다음 날 날씨가 아주 화창해서 태양이 그 초록 우엉 잎을 비추었다. 어미 오리는 성을 둘러싸고 있는 호수로 가족을 모두 이끌었다. 첨벙! 어미가 물속으로 들어갔다.

"꽥, 꽥!"

아기 오리가 한 마리, 한 마리씩 물에 들어갔다. 머리까지 풍덩 빠졌다. 하지만 눈 깜짝할 새 위로 올라와서 완벽하게 둥둥 떠다녔다. 다리가 저절로 움직여서 모두가 호수에 떠 있었다. 그 커다랗고 못생긴 회색 오리조차 내내 헤엄쳤다.

"이런, 칠면조가 아니야. 발도 멋지게 잘 움직이네. 몸도 곧게 펴고. 어쨌거나 내 아들이야. 찬찬히 보면 꽤 잘생겼어. 꽥, 꽥 엄마한테 와라. 엄마가 세상으로 데리고 가서 오리 농장을 보여줄게. 그래도 엄마 옆에 바싹 붙어 있어, 밟히지 않게. 고양이 조심하고!"

그렇게 오리 가족은 농장으로 나아갔다. 그곳에 큰 소동이 벌어지고 있었다. 오리 가족들이 장어 대가리를 두고 싸움을 벌이고 있었기 때문이다. 결국 고양이가 낚아채갔다.

"보라고, 저게 세상이야."

어미도 그 장어 대가리에 군침이 돌았기에 부리를 핥으며 말했다.

"다리를 움직여. 바쁘게 돌아다녀. 저기 나이 든 오리 할머니한테 인사하고. 저 할머니는 아주 고상한 분이야. 스페인 피가 흐르지. 그래서 저리 살집이 좋은 거란다. 다리에 빨간 끈 조각 좀 보렴. 멋지지. 오리가 얻을 수 있는 최고의 표시란다. 그건 사람들이 저분을 놓치고 싶어 하지 않는다는 표시란다. 사람이나 짐승한테 특별한 관심을 끌어. 몸을 털어, 발끝을 안으로 돌리지 말고. 교육을 잘 받은 오리는 발끝을 밖으로 돌린단다. 부모가 하는 것처럼, 이렇게. 그러니까 이제! 이제 목을 숙이고 꽥 소리쳐 봐!"

아기들은 엄마가 시키는 대로 했다. 이들 주위로 다른 오리들이 구경하면서 크게 외쳤다.

"여기 좀 봐요! 또 새끼들이 태어났나 보네. 여기 오리가 부족한 줄 아나? 게다가, 저런! 뭐 저렇게나 못생긴 오리가 다 있지! 못 봐주겠군."

어떤 오리 한 머리가 앞으로 나서더니 회색 오리 목을 콱 물었다.

어미가 소리쳤다.

"그 애 내버려 둬. 그 애는 아무 짓도 안 할 거예요. 그 애가 뭘 어쨌다고 그러는 거야?"

그러자 목을 물었던 오리가 말했다.

"안 하겠지. 근데 너무 크고 이상하잖아. 그러니까 한 번 호되게 맞아야 된다고."

발에 빨간 끈 조각을 단 나이 든 오리가 말했다.

"잘 생긴 아이들을 두셨네요, 어머니. 다들 예뻐요, 저 한 녀석만 빼고요. 제대로 나오지 못했군요. 그 애를 다시 낳을 수도 없고, 안 됐네요."

어미가 되받아쳤다.

"그건 어쩔 수 없는 거예요, 부인. 이 애는 그렇게 잘생기지는 못했어요. 하지만 아주 착하고 다른 아이들만큼 헤엄도 잘 쳐요. 아니, 조금 더 잘 친다고 말해야겠군요. 나이가 들면 외모가 좀 나아질 거예요. 조금 있으면 그렇게 크지도 않을 거예요. 알 속에서 너무 오래 있었어요. 그래서 외모가 좀 다른 거라고요."

어미는 고개를 휙 돌리고는 부리로 새끼 오리의 깃털을 쓰다듬었다.

"게다가 이 아이는 수컷이에요. 그러니까 큰 게 그렇게나 문제가 되지 않을 거예요. 이 아이가 튼튼해질 거라 생각해요. 확실히 대단한 아이가 될 거라고요."

나이 든 오리가 말했다.

"다른 새끼 오리들은 꽤나 귀엽군. 이제 여기 집에서 잘 지내도록 해요. 장어 대가리를 보면 나한테 가져오고요!"

그래서 그곳에서 편안하게 지냈다. 하지만 알에서 마지막으로 나온 그 가엾은 오리, 아주 못생긴 오리는 다른 오리 그리고 닭들한테 이리저리 쪼이고 밀리고 놀림을 당했다.

"저 애는 너무 커."

모두 말했다. 박차처럼 뒤 발톱을 달고 태어났다고 자기가 황제라고 여기는 수컷 칠면조는 돛이 빵빵한 배처럼 몸을 부풀리면서 고르륵 고르륵 위협을 해대서 마침내 아기 오리는 얼굴이 새빨개졌다. 가엾은 아기 오리는 어디에 서 있어야 할지, 어디로 걸어가야 할지 알지 못했다. 자신이 너무도 못생겼기에, 농장 전체의 비웃음거리가 되어 몹시도 슬펐다.

그렇게 첫날이 지나갔다. 그러고 나서 더욱더 심해졌다. 이 불쌍한 새끼 오리는 모두에게 쫓겨 다니면서 얻어맞았다. 형제자매조차 이 아기 오리한테 못되게 굴었다. 형제들은 언제나 이렇게 말했다.

"아, 저 고양이가 너를 확 잡아버리면 좋겠어. 이 못생긴 녀석아."

어미 오리도 말했다.

"차라리 멀리 가버리면 좋겠구나."

오리들은 이 못생긴 아기 오리를 물어뜯고 암탉들은 콕콕 쪼아댔다. 농장에 모이를 주는 소녀는 발로 이 아기 오리를 툭툭 찼다.

그래서 아기 오리는 달아났다. 울타리를 넘어 멀리 달아났다. 덤불 속의 작은 새들이 놀라 쏜살같이 후다닥 날아올랐다.

'내가 너무 못생겨서 저러는 거야.'

아기 오리는 눈을 질끈 감았다. 그래도 계속해서 달렸다. 마침내 들오리들이 사는 커다란 늪지에 이르렀다. 그곳에서 지치고 상심한 채 밤새도록 누워 있었다.

아침이 되자 들오리들이 날아와서 새로운 친구들을 보았다.

"넌 무슨 동물이니?"

아기 오리가 이리저리 몸을 돌리며 모두에게 고개를 숙여 인사하자, 들오리들이 물었다.

들오리들이 말했다.

"너 끔찍하게도 못생겼다. 그래도 뭐, 우리한테는 상관없어. 네가 우리 집안에 장가를 들지 않는 한……."

가엾은 아기 오리! 결혼은 눈곱만큼도 생각이 없었다. 갈대밭에 앉아 늪지의 물을 조금 마시게만 해주면 더 이상 바랄 게 없었다.

그곳에서 아기 오리는 이틀을 꼬박 보냈다. 그러다가 좀 뻔뻔스러운 수컷 기러기 두 마리를 만났다. 확실히 알에서 나온 지 얼마 되지 않았다.

녀석들이 말했다.

"어이, 거기 친구. 너 참 못생겼구나. 그래서 네가 마음에 들어. 우리한테 와, 같이 철새가 되어 떠돌아다니자. 근처 다른 늪지에 아름다운 오리들이 있어. 다들 예쁘고 젊고 노래도 잘해. 네가 아내를 구할 좋은 기회야. 못생겼지만 운을 믿어 봐."

탕! 탕!

허공에 총소리가 울려 퍼졌다. 이 수컷 녀석 두 마리는 갈대밭 사이로 그대로 떨어져 죽었다. 물이 기러기 피로 시뻘겋게 물들었다. 탕! 탕!

총소리가 울렸다. 사격이 또 시작되자 갈대밭에서 기러기 떼가 모두 날아올랐다. 어마어마한 사냥 중이었다. 사냥꾼들은 늪지 주위를 모두 에워쌌는데 어떤 이들은 심지어 갈대 위로 늘어진 나뭇가지에 자리를 잡았다. 파란색 연기가 나무 그늘에서 구름처럼 피어올라 물 위로 저 멀리 흘러갔다.

사냥개들이 뛰어들었다. 첨벙! 늪 사이로 사방에서 갈대가 쓰러졌다. 그 모습이 아기 오리는 너무 무서워서 고개를 돌려 날개 사이로 파묻었다. 하지만 바로 이 순간에 무시무시한 커다란 개 한 마리가 아기 오리 바로 앞에 나타났다. 혀를 주둥이 밖으로 쑥 내밀고 그 사악한 눈동자로 끔찍하게 노려보았다. 커다란 주둥이를 벌려 날카로운 이빨을 번쩍 드러냈다. 철퍽, 철퍽. 사냥개는 아기 오리를 건드리지 않고 계속 걸어갔다.

아기 오리는 한숨을 푹 내쉬었다.

"천만다행이야. 내가 엄청나게 못생겨서 저 개도 굳이 나를 물려고 들지 않네."

오리는 꼼짝도 안 하고 잠자코 있었다. 그 사이 총성은 계속되어 총알이 갈대밭 사이로 후드득 떨어졌다. 그날 늦게 다시 주위가 잠잠해졌다. 그때조차 이 가엾은 아기 오리는 감히 움직이지 못했다. 서너 시간이나 기다리고 나서 과감히 주위를 둘러보았다. 이윽고 그 늪지에서 죽어라 달아났다. 오리는 들판과 초원을 지났다. 바람이 세차게 불어와서 발걸음을 옮기기가 무척이나 힘들었다.

저녁 늦게, 작고 허름한 가축우리에 도착했다. 그 가축우리는 금방이라도 무너질 것 같았다. 마치 어느 쪽으로 넘어질지 몰라서 그냥 그렇게 서 있는 듯했다. 바람이 무척이나 세차게 불어서 이 가엾은 미운 오리는 바람을 견디려 바닥에 주저앉아야 했다. 폭풍은 점점 더 거세졌다. 그래도 경첩 하나가 헐거워진 바람에 문이 꽤 기울어져서 그 틈으로 몸을 밀어 넣을 수 있다는 것을 알아차렸다. 그래서 안으로 몸을 밀어 넣었다.

거기, 한 노파가 고양이 한 마리와 암탉 한 마리와 함께 살고 있었다. 고양이는 노파가 "우리 아가"라고 불렀는데 등을 둥글게 말기도, 가르랑거리기도, 심지어 털을 곤두세우면 불꽃을 피울 수도 있었다. 암탉은 다리가 무척 짧아서 노파가 '짧은 다리 꼬꼬'라고 불렀다. 짧은 다리 꼬꼬는 알을 잘 낳아서 노파는 마치 자기 아이처럼 이 암탉을 애지중지 여겼다.

아침이 되자 고양이와 암탉은 이 이상한 아기 오리를 금세 알아차렸다. 고양이는 가르랑거리고 암탉은 꼬꼬댁 꼬꼬 울어대기 시작했다.

"도대체 무슨 일인데 그러냐?"

노파가 주위를 둘러보았다. 하지만 눈이 좋지 않았다. 그래서 이 아기 미운 오리를 길 잃은 통통한 오리로 착각했다.

"잘 잡았네. 이제 오리 알이 생기겠어. 녀석이 수컷이 아니라면 말이야. 한번 지켜보자꾸나."

그렇게 해서 3주 동안 그럭저럭 지내게 되었다. 하지만 오리는 알을 하나도 낳지 못했다.

이 집에는 고양이가 바깥주인이고 암탉이 안주인이었다. 둘은 언제나 말했다.

"우리가 바로 이 세상이야."

둘은 자기들이 세상의 반이며, 단연코 나머지 반보다 자기들이 낫다고 생각했다. 아기 오리는 다르게 생각했지만 암탉은 귀담아들으려 하지 않았다. 암탉이 물었다.

"너 알 낳을 수 있어?"

"아니."

"그럼 그 입 다물고 있는 게 좋아."

고양이가 물었다.

"너 등을 둥글게 말 수 있어? 가르랑 거리는 건? 불꽃을 피우는 건?"

"아니."

"그럼 현명하신 분들이 말할 때는 잠자코 있어."

아기 오리는 몹시 낙담한 채 구석에 앉아 있었다. 그러다 문득 신선한 공기와 햇빛이 기억났다. 호수에서 헤엄치고 싶은 마음이 간절해서 어쩔 수 없이 암탉에게 그 말을 털어놓았다.

암탉이 소리쳤다.

"도대체 뭔 생각을 하는 거니? 할 일이 없구나. 그러니까 그런 멍청한 생각이 드는 거라고. 우리한테 알을 낳아주든지 안 그러면 가르랑거리는 거나 배워. 그러면 그따위 생각이 안 들 거야."

"하지만 물 위를 둥둥 떠다니면 기분이 정말 좋아. 물속으로 들어갈 때 물이 머리 위로 쏟아지는 느낌이 정말 좋거든."

"그래 엄청 좋을 거야. 넌 정신이 나간 게 틀림없어. 고양이한테 물어봐. 고양이는 내가 아는 제일 영리한 애거든. 그 애가 헤엄치거나 물속에 들어가는 게 좋은지 어쩐지 말이야. 뭐, 나는 굳이 말하지 않겠어. 그래도 우리 주인 노파한테 물어봐. 이 세상에서 그 노파만큼 현명한 사람은 없으니까. 그 할머니가 헤엄치러 가서 물을 머리 위에 뒤집어쓰는 거 좋아할 것 같니?"

"너는 내 말을 이해 못 하는구나."

아기오리가 대답했다.

"저런, 우리가 이해 못 하면 누가 이해를 하니? 혹시 너 고양이하고 노파보다 네가 더 영리하다고 생각하는 거 아니지? 나는 말할 것도 없고……. 꼬맹아, 까불지 마. 너한테 베푼 친절을 감사히 여기라고. 이 아늑한 방에 들어와서 너한테 이래라, 저래라 가르치는 사람들하고 살고 있지 않니? 하지만 넌 지독한 멍청이라서 너랑 있는 건 재미 하나도 없어. 정말이지, 이것도 다 너 잘 되라고 하는 소리야. 듣기 싫은 소리를 하고 있지만, 이게 바로 누가 네 진짜 친구인지 네가 알 수 있는 유일한 길이라고. 그러니 알이나 확실히 낳아. 가르랑거리거나 불꽃을 피우는 걸 어서 빨리 배우라고."

"나는 넓은 세상으로 나가는 게 좋겠어."

"좋을 대로 하셔."

그렇게 오리는 그 집을 떠나 길을 나섰다. 곧 물을 찾아 헤엄도 치고 물장구도 쳤다. 하지만 살아있는 동물은 모두가 아기 오리가 못생겼다며 무시했다.

가을이 되어, 숲속 나뭇잎은 알록달록 단풍이 들고, 바람은 나뭇잎을 멀리멀리 데리고 갔다. 눈과 폭풍으로 구름이 낮게 깔리자 하늘이 꽁꽁 얼어붙은 듯 보였다. 까마귀가 울타리에 앉은 비명을 질러대며 추위에 벌벌 떨었다.

"깍! 깍!"

추위를 생각하자 오리는 몸이 부르르 떨렸다. 가엾은 오리!

어느 날 저녁, 태양이 자취를 감추자 갈대밭에서 아주 멋지고 커다란 새 무리가 나타났다. 아기 오리는 그렇게 아름다운 새를 본 적이 없었다. 이 새들은 우아하고 긴 목이 달렸는데 새하얗게 빛났다. 백조였다. 이 새들은 보다 따뜻한 땅, 그리고 드넓은 물을 향해 이 차가운 땅에서 날아오르려 웅장한 날개를 펴며 이상한 울음을 토해냈다. 새들은 높이, 아주 높이 올라갔다. 못생긴 아기 오리는 이 새들을 지켜보면서 왠지 모르게 마음이 불편했다. 물속을 바퀴처럼 빙글빙글 돌았다. 아기 오리는 이 새들이 지나간 자리를 따라서 목을 길게 빼고는 기괴하고도 야릇한 소리를 질렀다. 스스로도 깜짝 놀랐다. 아! 아기 오리는 저 화려하고 행복한 새들을 잊을 수가 없었다. 더 이상 그 새들이 눈에 들어오지 않게 되었을 때, 아주 깊숙이 물속으로 들어갔다. 다시 물 위로 올라왔을 때는 어쩔 줄을 몰랐다. 그 새들이 무슨 새인지, 어디로 가는지 몰랐다. 하지만 그 어느 것보다 그 새들을 사랑했다. 부러워서가 아니었다. 어떻게 자신이 그렇게나 대단한 아름다움을 꿈꾸고 바랄 수 있을까? 오리들이 자신을 견뎌준다면 그저 고맙기만 할 것이다. 가엾은 미운 아기 오리.

겨울은 점점 추워졌다. 어찌나 추운지 물이 얼지 않도록 계속해서 물속에서 이리저리 헤엄쳐야 했다. 하지만 밤마다 헤엄치는 구멍은 계속해서 작아졌다. 이윽고 물이 꽁꽁 얼어서 오리는 그 쩍쩍거리는 얼음이 다가오지 못하도록 계속 움직였다. 마침내 움직이기도 너무 지쳤다. 얼음 속에서 꽁꽁 얼어붙고 말았다.

아침 일찍 농부가 지나가다가 보고 연못으로 가서 나무 신발로 얼음을 깨고는 아기 오리를 아내가 있는 집으로 데려갔다. 거기에서 살아나긴 했지만, 아이들이 오리와 놀려고 했을 때, 오리는 자신을 해치는 줄 알고 놀라 우유 통으로 뛰어 들어가다가 사방에 우유를 흩뿌리고 말았다. 부인이 비명을 질러대며 두 손을 들어 올리자 오리는 버터 통으로 날아갔다가 여물통을 드나들었다. 이제 오리가 어찌 보이는지 상상해 보라! 여인은 비명을 지르며 부집게로 오리를 후려쳤다. 아이들은 오리를 잡으려다 서로 걸려 넘어졌다. 깔깔 웃으며 소리를 질러댔다. 다행히도 문이 열려 있었다. 오리는 수풀 속으로 달아났다. 그곳 새로 내린 눈 속에 어리둥절한 채 잠자코 있었다.

오리가 이 혹독한 겨울 동안 견뎌야 했던 고난과 비참함은 너무 슬퍼서 이루 다 말로 표현할 수 없을 것이다. 따뜻한 태양이 한 번 더 비출 때, 아기 오리는 그래도 늪지 갈대밭에서 목숨을 부지하고 있었다. 종달새가 다시 지저귀기 시작했다. 아름다운 봄이 되었다.

그런데 문득 아기 오리는 날개를 들어보았다. 전보다 더 힘차게 공기를 갈랐다. 힘이 좋으니 오리의 몸을 멀리 데리고 나갔다. 무슨 일인지 미처 알아차리기도 전에 자신이 사과나무 꽃이 활짝 핀 커다란 정원에 있다는 것을 알았다. 달콤한 라일락 향기 가득하고 긴 꽃송이가 달린 초록색 가지가 구불구불 흐르는 시내 위로 드리워져 있다. 아, 여기는 무척이나 사랑스럽고 싱그러운 봄이다!

미운 오리 앞 덤불 속에서 아름다운 하얀 백조 세 마리가 다가왔다. 백조들은 깃털을 곤두세우고는 시냇물 속에서 경쾌하게 헤엄쳤다. 아기 오리는 저 고상한 동물들을 알아보았다. 그러자 야릇한 슬픔이 밀려왔다.

"난 저 고귀한 새들 가까이 날아가겠어. 저 새들은 나를 콕콕 찌르려 들겠지. 못생긴 주제에 다가온다고 말이야. 하지만 난 신경 쓰지 않겠어. 저 백조들한테 죽는 게 더 나아, 오리들한테 물리고, 암탉한테 쪼이고, 닭장 소녀한테 발로 차이고, 겨울에 죽도록 고생하는 것보다는…….”

그렇게 아기 오리는 물속으로 날아 들어가 그 화려한 백조들을 향해 헤엄쳐갔다. 백조들이 미운 아기 오리를 보고는 깃털을 부풀리며 스르르 다가왔다.

“나를 죽여요!”

가엾은 아기 오리가 말했다. 그러면서 죽음을 기다리며 물 위로 고개를 숙였다. 하지만 거기 투명한 시냇물에 비친……. 오리가 본 모습은? 오리는 자신의 모습을 보았다. 더 이상 꼴사납고 못생긴 잿빛 새의 모습은 보이지 않았다. 바로 자신의 모습이 보였다! 오리 농장에서 태어난 건 아무 문제가 아니다……, 백조의 알에서 나왔다면.

미운 아기 오리는 무수한 고난과 역경을 거쳤기에 무척 기뻤다. 이제 자신이 만난 행운과 아름다움을 완전히 이해했다. 커다란 백조들이 주위로 다가와 부리로 쓰다듬어 주었다.

몇몇 어린아이들이 정원으로 와서 물 위로 곡식과 빵조각을 던졌다. 가장 어린아이가 소리쳤다.

“여기 백조 한 마리가 새로 왔어.”

다른 아이들도 즐겁게 외쳤다.

"그래, 새 백조가 왔어."

아이들은 손뼉을 치며 빙글빙글 춤을 추고는 부모님을 데리고 왔다.

사람들은 빵과 과자를 던져 주었다. 모두들 입을 모아 말했다.

"새로운 백조가 제일 잘생겼구나. 아주 젊고 무척 예뻐."

나이 든 백조들이 기쁘게도 고개를 숙였다.

그러자 아기 오리는 너무 부끄러워서 고개를 날개 속에 파묻었다. 이게 다 어찌 된 일인지 알지 못했다. 무척이나 행복했지만 전혀 자랑스러워하지 않았다. 착한 마음씨는 절대 그런 법이 없기 때문이다. 자신이 무시당하고 놀림당하던 일을 떠올렸다. 그런데 이제 모두들 가장 아름답고 아름다운 새라고 칭찬하는 소리가 들렸다. 라일락은 이 백조 앞 시냇물에 꽃송이를 담갔다. 태양은 아주 따스하고도 포근하게 비추었다. 어린 백조는 깃털을 부풀리고는 가녀린 목을 높이 들고 가슴이 터질 듯 소리쳤다.

"못생긴 오리였을 때는 이렇게나 큰 행복을 꿈도 꿀 수 없었어."

곽팔이 지집아이

벨나게 언 날이었다. 눈이 ᄂᆞ리고 어둑어둑해졌다. 그해 막끗 치냑이었다. ᄒᆞᆫ 설룬 지집아이가 모자도 쓰지 안고 맨발로 실렵고 우울ᄒᆞ게 거리를 ᄀᆞ들ᄀᆞ들 가고있다. 경해도 집을 나설 때 신을 신고 이섰지만 시방은 아무 소용이 어섰다. 신은 어멍 거라부난 지집아이신디 너미 컸다. 두린 지집아이는 질을 돌아 건너당 신 ᄒᆞᆫ 짝을 잃어버려신디 마차 두 대가 와글탕거리멍 잘도 재기 지나가는 ᄇᆞ름에 신을 ᄄᆞ시 ᄎᆞ질 수 어섰다. ᄒᆞᆫ 코풀레기가 나중에 애를 낳으민 구덕으로 쓰켄하멍 남제기 ᄒᆞᆫ 짝을 가졍 ᄃᆞᆫᄋᆞ부렀다. 경해부난 두린 지집아이는 맨발로 걸엉가고 이섰다. 두 발은 꽁꽁 얼엉 벌겅해졌다. 낡은 앞치마에 심엉 가는 곽 멧 개가 이섰다. 지집아이는 곽살 ᄒᆞ나를 손으로 들렁 내물었다. 경해도 ᄒᆞ를 헤ᄒᆞᆫ 지집아이신디 곽을 사잰ᄒᆞ는 사름은 ᄒᆞᆫ명도 어섰다. 단 ᄒᆞᆫ 사름도 1센트를 주지 않았다.

추위와 배고픔으로 덜덜 털멍 지집아이는 기어갔다. 귄닥사니 벗어지는 그림이다. 설룬 지집아이!

눈꽃이 지집아이의 진 허운데기 우로 털어져 내령 목을 칭칭 휘감았다. 창문으로 불빛이 새어 나오곡 거위를 굽는 베지근한 냄새도 흘러나왔다. ᄒᆞᆫ 해의 막끗 날이었다. 경했다, 지집아이는 그 생각이 간절했다!

집 두 채 사이 모퉁이에 뜬 집보다 질 쪽으로 더 조지락ᄒᆞ게 나온 곳이 이섰는데 지집아이는 그곳에 앚앙 발을 끗어댕경 몸을 웅크렸다. 점점 더 몸이 실려웠다. 경허였지만 집에 갈 엄두가 나질 않았다. 곽을 팔지 못해부난, 1센트도 벌지 못해시난 아방은 아니나달라 분멩 이 지집아이를 모사버릴 것이다. 경헌디다 집은 경도 얼었다. 지붕 말고는 몰아치는 ᄇᆞ름을 가릴 게 어섰다. 젤로 큰큰ᄒᆞ게 갈라진 트멍을 찍겁과 굴룬조각으로 막아신디도 경허였다.

손은 너미 얼엉 거진 ᄁᆞ닥일 수도 어섰다. 헤끌락ᄒᆞᆫ 곽살 ᄒᆞ나가 ᄃᆞᆺᄃᆞᆺᄒᆞ게 호끔은 해줄지도 몰랐다! 지집아이가 곽에서 곽살 ᄒᆞᄂᆞ 꺼냉 벽에 그성 손을 ᄄᆞ듯ᄒᆞ게 ᄒᆞᆯ 수만 있댄허민……. 지집아이는 ᄒᆞᄂᆞ를 꺼냈다. 치지직! 곽살은 탁 소리를 웨울리멍 타올랐다! 온기를 주멍 헤끌락ᄒᆞᆫ 초추룩 환ᄒᆞᆫ 불꽃을 일으켰다. 지집아이가 그 불꽃 우트로 손을 올리난, 이상한 빗이 일었다! 진짜로 빈찍빈찍 빗나는 황동 손잡이와 뚜께가 달린 왕 쇠 난로 앞에 이녁이 앚앙이신 거 ᄀᆞᇀ았다. 불이 얼메나 와랑와랑 타오르는지! 얼메나 펜안ᄒᆞᆫ지! 지집아이가 발꼽도 녹이젠 발을 내물었다. 문뜩 헤끌락ᄒᆞᆫ 불꽃이 꺼지고 난로는 어서졌다. 손안에는 다 카버린 곽살만 남아 이섰다.

지집아이는 곽살을 ᄒᆞᄂᆞ 더 벽에 그섰다. 곽살은 뻘겅ᄒᆞ게 타올랐다. 불빗이 벽을 비추자, ᄒᆞ늘ᄒᆞ늘한 막처럼 투명해져서 방 안을 훤히 들여다볼 수 이섰다. 탁자에 눈추룩 허연 식탁보가 덮어져있고, 그 우에 눈이 버렁허게 빗나는 치냑 식사가 촐려져있다. 사과와 자두를 안에 넣엉 구운 거위에서 먹엄직ᄒᆞ게 김이 모락모락 피어올랐다. 경헌디다가 그 거위가 접시에서 펄쩍 튀어내령 칼과 포크를 가슴에 품고 이 두린 지집아이신디 구짝 걸어왔다. 문뜩 곽살이 꺼졌다. 두껍고 실려운 벽만 바려질뿐이었다. 성냥 ᄒᆞ나를 더 캐왔다. 문뜩 지집아이가 잘도 곱딱한 크리스마스트리 밑에 앚앙 있다. 작년 크리스마스에 부자 상인의 집 유리문을 통해 ᄇᆞ린 것보다 잘도 더 곱딱했다. 수천 개의 초가 초록 낭가지 우에서 활활 카오르고 판화 점빵에 이신 것과 똑ᄀᆞᇀ은 알록달록한 그림이 지집아이를 내려다ᄇᆞ렸다. 두린 지집아이는 두 손을 내물었다. 문뜩 곽살이 꺼졌다. 크리스마스 불빗은 더 하영 올라갔다. 불빗은 시방 하늘에 환칠ᄒᆞ게 별처럼 보였다. 별 ᄒᆞ나가 질게 줄을 이루멍 털어져 ᄂᆞ렸다. 지집아이는 생각했다.

'시방 누게가 저시상으로 가고 있구나'

시방은 저시상으로 간, 누게보다 지집아이를 궤던 할망은 별이 털어져 내리멍 ᄂᆞᆯ혼 ᄒᆞ나가 하늘로 올라간 거랜 ᄀᆞ라 주었다.

곽살을 ᄒᆞ나 더 벽에 그섰다. 다시 환ᄒᆞ게 불꼿이 일었다. 그 불꼿 속에 할망이 친절ᄒᆞ고도 사랑스럽게, ᄇᆞᆰ고 베롱ᄒᆞᆫ 빗을 내멍 서 이섰다.

지집아이가 울렀다.

“할망! 아, 날 데려가 줍서! 곽살이 꺼지민 할망이 어서져불거란 거 알아마씸. 할망은 ᄄᆞ뜻ᄒᆞᆫ 난로처럼 어서질 거우다. 저 맛존 거위와 곱들락ᄒᆞᆫ 크리스마스트리처럼요!”

지집아이는 할망과 ᄀᆞᇀ이 있고 싶어부난 재게 곽살 끌레기를 몬딱 밝혔다. 곽살이 경도 환ᄒᆞ게 빗낭 낮보다 더 붉아졌다. 할망이 경도 웅장하고 곱닥ᄒᆞ였던 적이 어섰다. 할망이 지집아이를 품에 안았다. 두 사름은 땅 우로 붉고도 지꺼지게 ᄂᆞᆯ아올랐다. 아주, 아주 높직ᄒᆞ게. 저 우 추위도 배고픔도, ᄆᆞ서움도, 두려움도 어신 곳으로 …… 두 사름은 하느님과 ᄀᆞᇀ이 이섰다.

ᄒᆞ지만 모롱에서, 미소 짓는 입술에 붉은 뺨의 두린 지집아이가 벽에 기대어 앉앙 묵은 해의 막끗 밤에 실령 죽었다. 새해의 태양이 설룬 ᄒᆞᆫ 사름의 모습 우로 떠올랐다. 지집아이는 그곳에 얼어 과들랑ᄒᆞ게 앚앙이섰다. 거의 다 카버린 곽살 끌레기를 손에 꼭 쥔 채로…….

성냥팔이 소녀

지독히도 추운 날이었다. 눈이 내리고 어둠이 찾아왔다. 그해의 마지막 저녁이었다. 한 가엾은 소녀가 모자도 쓰지 않고 맨발로 춥고 우울하게 거리를 걷고 있다. 물론 집을 나설 때 신발을 신고 있었지만 지금은 아무 소용이 없었다. 신발은 엄마의 것이었기에 소녀에게 너무 컸다. 어린 소녀는 길을 뛰어 건너다가 신발 한 짝을 잃어버렸는데 마차 두 대가 덜컹거리며 엄청나게 빨리 지나가는 바람에 신발을 다시 찾을 수 없었다. 한 소년이 나중에 아이를 낳으면 요람으로 쓰겠다면서 나머지 한 짝을 가지고 달아나버렸다. 그래서 어린 소녀는 맨발로 걷고 있었다. 두 발은 꽁꽁 얼어 울긋불긋했다. 낡은 앞치마에 들고 가는 성냥갑 몇 개가 있었다. 소녀는 성냥 하나를 손으로 들어 내밀었다. 하지만 하루 종일 소녀한테 성냥을 사려는 사람은 아무도 없었다. 단 한 사람도 1센트를 주지 않았다.

추위와 배고픔으로 벌벌 떨면서 소녀는 기어갔다. 비참한 그림이다, 가엾은 소녀!

눈꽃이 소녀의 긴 머리카락 위로 떨어져 내려 목을 구불구불 휘감았다. 창문으로 불빛이 새어 나오고 거위를 굽는 근사한 냄새도 흘러나왔다. 한 해의 마지막 날이었다. 그렇다, 소녀는 그 생각이 간절했다!

집 두 채 사이 모퉁이에 다른 집보다 길 쪽으로 더 튀어나온 곳이 있었는데 소녀는 그곳에 앉아서 발을 끌어당겨 몸을 웅크렸다. 점점 더 몸이 추웠다. 하지만 집에 갈 엄두가 나지 않았다. 성냥을 팔지 못했기에, 1센트도 벌지 못했기에 아버지는 분명 이 소녀를 흠씬 두들겨 팰 것이다. 게다가 집은 너무 추웠다. 지붕 말고는 불어대는 바람을 가릴 게 없었다. 제일 크게 갈라진 틈을 지푸라기와 천 조각으로 막았는데도 그랬다.

손은 동상을 입은 듯 거의 움직일 수도 없었다. 작은 성냥 하나가 온기를 어느 정도 더해줄지도 몰랐다! 소녀가 성냥갑에서 성냥 하나를 꺼내 벽에 그어서 손을 따뜻하게 할 수만 있다면……. 소녀는 하나를 꺼냈다. 치지직! 성냥은 탁 소리를 내며 타올랐다! 온기를 주며 작은 초처럼 환한 불꽃을 일으켰다. 소녀가 그 불꽃 위로 손을 올리자, 이상한 빛이 일었다! 정말이지 반짝반짝 빛나는 황동 손잡이와 뚜껑이 달린 거대한 쇠 난로 앞에 자신이 앉아 있는 것 같았다. 불이 얼마나 멋지게 타오르는지! 얼마나 편안한지! 소녀가 발도 녹이려 발을 내밀었다. 문득 작은 불꽃이 꺼지고 난로는 사라졌다. 손안에는 다 타버린 성냥만 남아 있었다.

소녀는 성냥을 하나 더 벽에 그었다. 성냥은 밝게 타올랐다. 불빛이 벽을 비추자, 하늘하늘한 막처럼 투명해져서 방 안을 훤히 들여다볼 수가 있었다. 탁자에 눈처럼 하얀 식탁보가 덮여있고, 그 위에 찬란하게 빛나는 저녁 식사가 차려있다. 사과와 자두로 속을 채워 구운 거위에서 먹음직스럽게 김이 모락모락 피어올랐다. 더더군다나 그 거위가 접시에서 펄쩍 뛰어내려 칼과 포크를 가슴에 품고 이 어린 소녀에게 곧장 걸어왔다. 문득 성냥이 꺼졌다. 두껍고 차가운 벽만 보일 뿐이었다. 성냥 하나를 더 밝혔다. 문득 소녀가 몹시도 아름다운 크리스마스트리 아래 앉아 있다. 작년 크리스마스에 부자 상인의 집 유리문을 통해 본 것보다 훨씬 더 아름다웠다. 수천 개의 초가 초록 나뭇가지 위에서 활활 타오르고 판화 가게에 있는 것과 같은 알록달록한 그림이 소녀를 내려다보았다. 어린 소녀는 두 손을 내밀었다. 문득 성냥이 꺼졌다. 크리스마스 불빛은 더 높이 올라갔다. 불빛은 이제 하늘에 환한 별처럼 보였다. 별 하나가 길게 줄을 이루며 떨어져 내렸다. 소녀는 생각했다.

'지금 누군가가 저세상으로 가고 있구나.'

지금은 저세상으로 간, 누구보다 소녀를 사랑했던 할머니는 별이 떨어져 내리면 영혼 하나가 하늘로 올라간 것이라고 말해 주었다.

성냥을 하나 더 벽에 그었다. 다시 환하게 불꽃이 일었다. 그 불꽃 속에 할머니가 친절하고도 사랑스럽게, 맑고 환하게 빛을 내며 서 있었다.

소녀가 외쳤다.

"할머니! 아, 저를 데려가 주세요! 성냥이 꺼지면 할머니가 사라지리란

걸 알아요. 할머니는 따뜻한 난로처럼 사라질 거예요. 저 맛있는 거위와 아름다운 크리스마스트리처럼요!"

소녀는 할머니와 함께 있고 싶었기에 재빨리 성냥 꾸러미를 모두 밝혔다. 성냥이 무척이나 환하게 빛나서 낮보다 더 밝아졌다. 할머니가 그렇게나 웅장하고 아름다운 적이 없었다. 할머니가 소녀를 품에 안았다. 두 사람은 땅 위로 밝고도 경쾌하게 날아올랐다. 아주, 아주 높이. 저 위 추위도 배고픔도, 두려움도 없는 곳으로……. 두 사람은 하느님과 함께 있었다.

하지만 모퉁이에서, 미소 짓는 입술에 붉은 뺨의 어린 소녀가 벽에 기대어 앉아 묵은 해의 마지막 밤에 얼어 죽었다. 새해의 태양이 측은한 한 사람의 모습 위로 떠올랐다. 소녀는 그곳에 얼어 뻣뻣하게 앉아있었다, 거의 다 타버린 성냥 꾸러미를 움켜쥔 채로…….

인어 공주 (제주)

저 먼먼허고 널른 바당에, 바당물은 아꼬운 수레국화 고장 섶파리마니나 퍼렁허고 유리만이나 투명허다. 경허고 막 짚으기도 허다. 배에 닻이 다데기는 디보다 더 짚이 노려강 바당 바닥부터 한한헌 뻬죽헌탑이 웃터레 웃터레 높이 쌓일만헌 정도여. 그 강알에 인어덜이 살았져.

자, 바당 바닥엔 그자 번찍 모살만 있덴 생각허지 말라. 그건 아니여. 헬랑헬랑 흔드는 줄기허고 섶파리가 돌아진 놀라운 낭허고 고장덜이 그 강알에서 크는디, 바당물이 호꼼만 찰랑찰랑허여도 살아이신거 고추룩 몸을 흥글어 댄다. 이디 생이덜이 낭 우이로 놀아다니는거 고추룩 요라가지 물괴기가 낭 가지 고망고망으로 나다념져. 널른널른헌 바당 질 짚은 디 바당 왕의 궁전이 뻬쪽허게 세와졍 있져. 성에 담은 산호로 지서졌고 높이 빼족헌 창문은 보석, 호박으로 맹글어졌져. 지붕은 홍합 거죽으로 맹글앙 절치는 것에 맞추앙 입을 벌렸당 닫아신디 첨 볼만헌다. 조개는 몬딱 빈찍빈찍헌 진주를 쿰어신디 어느 것이라도 여왕이 씨는 왕관의 자랑거리가 될 만허다.

저 아래 바당의 왕은 멫 년 동안 각시를 잃러불고 이녁만 살았져. 나이가 한 어멍이 아덜 대토로 건사허였져. 경허영 이녁 꼬리에 굴 열두 개를 돌아매엉 뽐내멍도 궁정의 또난 부인덜신딘 딱 요섯 개만 돌아매엉 다니게 허였져. 이것만 빼민 게도 칭찬헐만한 사람이랐져. 특히 손녀덜, 어린 바당 공주덜을 소못 좋아한 따문에 칭찬헐만허였져. 막 아꼬운 공주가 요섯이 이서신디 그 중에 막냉이가 질 아꼬왔져. 피부는 장미 고장고추룩 보드랍고 맨질맨질허고 눈동자는 짚은 바당고추룩 퍼렁헌 색이었져. 겐디 또난 인어덜고추룩 발이 엇다. 몸 끝댕이에 물괴기의 꼴랑지가 돌아져있져.

해천 공주덜은 성 안, 살아이신 고장덜이 축보름에서 커가는 저 아래 큰큰헌 방에서 놀았져. 우리가 창문을 욜민 제비생이덜이 우리 방더레 휙허게 놀아오듯이, 높은 호박, 보석 창문이 욜아지민 물괴기덜이 히엄쳥 안터레 들어갔져. 지금 이 물괴기덜은 공주덜 손이서 먹이를 받아먹곡 아꼼을 받젠 바로 헤엄쳥 갔져.

성 배꼐띠 불꽃고추룩 벌겅허고 또 짚은 바당 색깔 고튼 낭이 크는 정원이 있져. 낭 욜매는 황금고추룩 빛나고 고장은 끝도어시 손짓허는 낭가지에 붙엉 불꽃고추룩 일렁였다. 흑은 촘말이지 막 고운 모살로, 불타는 유황고추룩 퍼렁헌 빛이랐져. 요상허게 퍼렁헌 장막이 그 아래 하근 것에 몬딱 덕어졌다. 여러분은 바당 밑바닥이 아니라, 우 알더레 맨 퍼렁헌 하널만 이신 높은디가 싯댄 생각헐지 모른다. 죽은 거고추룩 고요할 때민 태양을 볼 수 이서신디. 태양은 마치 고장받침에서 흘러 나오는 빛을 쿰은 벌겅헌 고장허고도 곧았다.

공주덜은 이녁만씩 족은 꽃밭이 이선 땅을 팡 이녁이 좋아허는 고장을 싱겄다. 공주 호나는 곰새기 모양으로 맹근 쏘곱에 아꼬운 고장으로 침대를 맹글아신디 또 또난 공주는 인어 고튼 침대 모냥으로 맹그는게 더 깔금헐거랜 생각을 했져. 경허고 막냉이는 태양고추룩 동골락허게 꽃밭을 맹글앙 그디 태양만씩헌 붉은 고장만 싱겄져. 언니덜이 이녁네 꽃밭을 골라안자분 배에서 춫은 이상헌 것덜로 꾸몀실 때 막냉이는 태양만큼 붉은 고장허고 고운 대리석 동상만 가져다 놔뒁 다른 건 아무것도 갔다 놓지 않했져. 히영헌 대리석에 파진 잘 생긴 두린 소나이 동상은 뿌실라진 배에서 바당 밑바닥더레 골아앉은 것이었다. 막냉이는 그 동상 조꼬띠 뻘겅헌 버드낭을 싱거신디 낭은 소못컨 동상에 그늘지게허고 퍼렁헌 모살꼬지 가쟁이가 축축 쳐졌다. 낭 가지가 흥글리멍 굴메가 보라색을 띠었다. 그것이 낭 불리허고 낭 가지 끝댕이가 살앙 서로 어울령 놀멍 입을 맞추는 거 닮아라.

막냉이 공주는 우이 인간 세상에 이야기를 질 흥미롭게 들었다. 할망을 조들령 배허고 도시 경허고 사름덜쾅 중싱에 대헌 이야기를 다 들었다. 질 제라진 건 땅 우이 고장덜이 향기롭덴허는 사실이었다. 바당 밑창에 고장은 고운 내가 어셨다. 숲이 퍼렁헌 게 멋진 것 같았다. 낭가지 사이로 베려지는 물괴기가 큰큰헌 소리로 돌코롬허게 노래를 불러지난 사름덜이 지꺼지게 들을 수 있댄헌 게 질 모음에 들었다. 할망은 족은 생이를 몬딱 '물괴기'랜 불러야 했다. 경허지 안허민 공주덜이 생이를 혼 번도 본적이 어서나난 무신 말을 허염신지 알지 못했기 따문이다.

할망이 골았다.

“너네 중에 열다섯 설이 되는 사름은 바당에서 나강 돌빛을 받으멍 돌에 아장 이서도 된다. 지나가는 큰큰헌 배를 베려봐도 된다. 경허고 숲광 모을도 보게 될 거여."

맹년되민 큰언니가 열다섯 설이 된다. 경해도 다른 공주덜, 경허니까 몬딱 아시덜 보다 혼 설썩 더 먹어시난 막냉이가 물에서 나강 시상이 어떵헌지 볼때꼬진 5년을 지둘려사 했다. 경해도 언니덜은 이녁만씩 본 것을 경허고 칫날 질 곱닥허게 좇아낸 것을 몬딱 또난 공주덜신디 골아주기로 약속을 했다. 할망은 반도 곧지 안해시난 공주덜이 간절히 알구졍 헌 게 한한했다.

질 간절히 바라는 공주는 바로 막 조용허고 생각에 잠긴 거 닮은 막냉이였다. 요라 날 밤 막냉이는 창문을 욜앙 물괴기덜이 지느러미허고 꼴랑지를 흥글어대는 시커멍허고 퍼렁헌 바당을 베레 보았다. 돌광 벨만 봐질 뿐. 확실허게 돌허고 별빛은 흐릿했다. 겐디 물을 통행 보였기 따문에 우리헌티 보이는 것보다 훨씬 크게 보여실거다. 구름 곹은 굴메가 돌광 벨을 고로지를 때민 그것이 더망이 우이로 히엄치는 곰새기나 한한헌 사름덜을 실렁가는 배랜허는 것을 알았다. 저 사름덜은 아꼬운 두린 인어가 배 바로 알래서 배더레 히영헌 두 폴을 내밀암댄 허는 걸 꿈도 꾸지 못했다.

공주 중에 질 큰언니가 열 다섯 설 생일을 맞았다. 경핸 이제 물 배께띠로 올라가도 된댄 허락을 받았다. 겐디 큰언닌가 왕 아시덜신디 골아줄 이야기가 백가지나 되었다. 그 중에 질 놀라운 건 바당이 보라실땐 돌빛을 받으멍 모래톱에 누웡 이신 것이었다. 물가의 불빛 수백 개가 벨고추룩 빈찍이는 큰큰헌 모을을 보곡, 음악광 달그락탁허는 구루마영 사름덜이 조조조조허는 소리를 듣곡, 교회에 삐족헌 탑을 보곡, 멀리 울리는 종소리를 들었다. 큰 모을에 들어가지 못허는 것이 질 간절했다.

아, 막둥이 공주가 어떵사 열심히 들젠허는지! 호썰있당 공주는 밤이 창문을 욜앙 사둠서 거멍허고 푸리룽헌 바당을 볼 때마다 딸깍딸깍 떠들썩한 소리가 고득헌 거리와 큰큰헌 모을을 생각했다. 경허고 이추룩 짚은 곳꼬지 교회 종소리가 들린덴 생각허기도 했다.

그 다음 해엔 샛공주가 물 우이로 올라강 어디라도 히엄쳐도 좋덴헌 허락을 받았다. 샛공주는 해가 져물아 갈 때 올라갔다. 헤지는 건 이녁이 본 중에 질 멋찌덴 골았다. 하널은 황금빛인디, 구름으로 말허민 그 고운을 골을 말을 졸바로 촟지 못허였다. 벌겅헌 것이 찰랑찰랑허멍 보라색으로 물들멍 머이 우이로 지나갔다. 흘러가는 구름보담 훨씬 뿔른 백조가 떼지엉 지나 갔다. 백조는 진진허고 허영헌 장막고추룩 바당 우이로 흔적을 냉기멍 조물아가는 해를 향허영 놀아갔다. 샛 공주도 히엄청 갔주만 해가 져무난 그 장미색깔 불꽃도 바당광 하널에서 몬딱 어서져 불었다.

그 다음해엔 큰말젯 공주가 올라갔다. 질 겁이 어시난 큰 바당으로 흐르는 널른 강더레 히엄청 올라갔다, 막 곱고 퍼렁헌 언덕이 보였다. 성허고 영주네 큰큰헌 집이 화려한 숲 사이로 언뜻 보였다. 생이가 노래를 허는 소리가 들렸다. 해가 어떵사 붉게 빛나는지 놓이 타는 거 닮게 지져왕 식히젠 자꾸 물 쏘곱더레 들어가사 했다. 족은 만에서 유한한 생명의 인간 두린아이덜허고 놀구정 했주만 두린아이덜은 겁냉 돌아나 불었다. 호꼼싯당 조그만헌 검은 중싱이 왔다. 개였다. 공주는 전이 개를 본적이 어섯다. 개가 큰말젯 공주를 빵 어떵사 독허게 울러대는지 공주도 겁을 먹엉 널른 바당으로 돌아났다. 경해도 그 화려한 숲, 퍼렁헌 언덕, 지느러미는 엇주만 물 쏘곱에서 히엄칠 줄 아는 고운 아이덜을 절대 잊어불지 못허였다.

샛말젯 공주는 크게 경 모험심은 엇었다. 공주는 거친 파도 혼가운디 멀리 머물러 이서신디 멋진 곳이랜 골았다. 주위 몇 마일을 볼 수 있고, 위 하널은 큰큰허고 동골락헌 유리 지붕 닮았다. 공주는 배를 보았다. 겐디 너무 멀리 이서부난 갈매기고추룩 보였다. 자파리 좋아하는 곰새기는 공중제비를 허고 엄불랑지게 큰 곰새기는 코로 물을 뿜어 댔다. 경핸 쪽 수백 개의 분수가 주위에 이신 거 닮아라.

이번인 족은말젯공주 초래가 되었다. 공주의 생일은 저슬들언이난 다른 언니덜이 본 것을 호나도 보지 못했다. 바당은 진 초록색이고 큰큰헌 얼음산이 이디저디 둥갈둥갈 떠다녔다. 공주는 빙산 호나 호나가 진주고추룩 빛났덴 골았다. 겐디 빙산은 사름이 지신 교회 뻬족헌 탑보담 더 큰큰했다. 공주덜은 질 멋진 모양, 경허고 다이아몬드고추룩 빛나는 것을 추측했다. 족은 말젯공주는 큰큰헌 빙산 우이 아장이신디 항해사덜은 공주가 진진헌 허운데기를 보름에 흩날리는 서늉을 보난 겁낭 부리카케 배를 몰앙 돌아났다.

늦은 저냑 구름이 하널에 고득앗다. 천둥이 치고 번게가 하널을 쏜살고추룩 오갔다. 시꺼멍헌 절이 큰큰헌 산 고추룩 얼음을 높이 들렁 올렸다. 번개가 콰광허게 치난 얼음이 빈찍빈찍 빛났다.

배덜은 몬딱 돛을 내렸다. 막 모솝고 초초함만 흘렀다. 겐디 공주는 거기 둥둥 떠다니는 빙산 우이 고베시 아장 바당에 쾅쾅 내리치는 들쭉날쭉한 번개를 지켜보앗다.

언니덜은 이녁만씩 바당의 우이로 처음 올라가실때 그 사랑스러운 모습이 새로웠었다. 겐디 어른이 되엉 이녁이 원허는 딘 어디든 갈 수 이시게 되난 그곳에 흥미를 잃어불었다. 어디를 가든 혼 덜이 지나민 향수병에 걸령 바당 밑에 허고 곱은 딘 엇댄, 집이 무척이나 펜안허댄 골앗다.

요라 날 저냑 언니덜은 물 우이로 올라강 다섯이 혼 줄로 쫄쭈런이 상 서로 팔짱을 꼈다. 다덜 유한한 사름덜보다 훨씬 더 목소리가 고왔다. 비보름이 막 씨게 부난 공주덜은 배 사고가 이실 거 닮다 허연 배 앞더레 히엄쳥 간 바당 밑이 얼마나 아름다운지 뱃사름덜신디 전해 노려오는 편견을 깨기 위행 유혹적으로 노래를 불렀다. 겐디 사름덜은 그 노래가 무신 노랜질 모르고 비보름소린 줄 알앗다. 그 사름덜은 영광스러운 짚은 바당을 베레보지 못했다. 배가 골아아질 때 사름덜은 물에 빠졍 죽엉 바당의 왕이 이신 성에 도착했다. 그날 저냑 인어덜은 이추룩 팔짱을 꼉 물 우이로 올라왕 이실 때 막냉인 조름에 혼자 남앙 그 죽은 사름덜을 보멍 눈물을 흘리구졍 허엿다. 겐디 인어덜은 눈물을 흘리지 않앗다. 경허영 훨씬 더 고통스러웠다.

경허연 막둥이가 골았다.

“나가 열다섯 설이 되어시민 좋으커! 저디 우이 세상, 경허고 저디 사는 사름덜을 몬딱 좋아허게 될 거 닮아.”

경 기다리던 막냉이도 이제 열다섯 설이 되었다. 노부인 여왕 할망이 말했다.

“이제 늘 보내주마”

할망은 어린 공주의 머리카락에 허영헌 백합 고장으로 모자를 맹근 걸 씨와 주어신디 썹파린 진주를 반착으로 쫄랑 맹근 것이었다. 경허고 이 노부인는 막둥이 공주의 꼴랑지 지느러미에 높은 지위의 패족으로 큰큰헌 굴요답개를 도랜 골았다.

“겐디 그거 아파마씨”

막둥이 공주가 웨울렀수다.

“곱게 꾸미젠허민 하영 촘아사 되어.”

할망이 막둥이 공주신디 골았다.

아, 이추룩 꾸미는 거 몬딱 데껴불곡 이 모자도 안 가져도 되민 얼마나

좋으코! 꽂밭디 벌겅헌 고장은 공주신디 훨씬 더 잘 어울렸다. 겐디 군이 바꾸진 않했다.

“안녕.”

막둥이 공주는 그추룩 인사해뒁 바당을 히엄지고 개끔고추룩 빛을 내멍 가볍게 우이로 올라갔다. 물 우이로 머릴 삐쭉 내놓을 때 태양이 어서져불었다. 겐디 구름은 번찍 황금허고 장미고추룩 빛나고 섬세허게 물든 하널엔 저냑벨이 투명허게 빛났다. 공기는 온화하고 신선허며 바당은 잔잔했다. 돛이 시 개 돌린 큰큰헌 배가 눈에 들어왔다. 보름이 부드럽게 불어왕 돛을 호나만 패왔다. 선원들은 삭구 쏘곱이나 활대에 직산행 빈둥거렸다. 배에선 음악과 노래가 흘러 나왔다. 밤이 되난 선원덜은 엄청나게 붉은 수백 개의 불을 붉혀신디 누겐가는 만국기가 공중에 흥글렴덴 생각했을 것이다.

아꼬운 인어 공주는 질 큰 선실 창문 끝땡이 꼬지 히엄청 갔다. 몸이 바당물 우이로 출렁일 때마다 유리 창문으로 그 쏘곱에 화려하게 차려 입은 사름덜 무리를 들여다 볼 수 이섰다. 그 중에 질 눈에 띠는 사름은 큰큰헌 꺼멍헌 눈동자의 젊은 왕자였다. 열요섯 설 정도 되어 보였다. 왕자의 생일이난 축하를 허는 자리였다. 갑판 우이 선원덜이 춤을 추는디 왕자가 선원 사이로 나타나난 백 개가 넘는 불꽂이 공중으로 날아올라 대낮고추룩 붉게 비추었다. 불꽂에 공주는 금착허영 물 쏘곱으로 몸을 곱졌다. 큰 해가 요라개 빙글 돌고, 화려한 불꽂-몰괴기가 퍼렁헌 하널을 둥갈둥갈 떠 다녔다. 이런 것덜은 몬딱 크리스털 곹은 투명헌 바당에 거울고추룩 비추었다. 어떵사 볽은지 배의 족은 밧줄도 다 볼 수 있고 사름덜도 선명허게 보였다. 아, 젊은 왕자는 어찌나 잘생겨신지! 왕자가 웃었다. 미소 지으멍 사름덜과 악수를 나누고 그 사이 음악은 완벽헌 저냑 쏘곱으로 울려퍼졌다.

시간이 막 늦었지만, 아꼬운 인어 공주는 배허고 그 잘생긴 왕자신디서 눈을 뗄 수가 어섯다. 알록달록 볽게 빛나는 초롱불이 꺼지고 불꽃도 하널을 놀아다니지 않허고 폭죽도 더 이상 터지지 않했다. 겐디 바당쏘곱 짚은 디서 우르르 쾅쾅 소리가 들려왔다. 물살이 계속 높이 튀어 올라가게 행 인어는 그 선실 쏘곱을 베레볼 수 있었다.

이제 배는 나가기 시작했다. 보름 쏘곱에서 돛이 호나 둘 펴지고 절이 높이 솟고 큰큰헌 구름이 모여들멍 번개가 멀리서 번쩍거렸다. 아, 배는 끔찍헌 폭풍을 만났다. 뱃사름덜은 서둘러 돛을 내렸다. 높다란 배가 용심난 바당을 헤치멍 속도를 내난 이 큰큰헌 배는 튀어 올랐당 뒹굴었다. 인어 공주신딘 이것이 재미난 놀이고추룩 보였지만 선원덜신디는 전혀 경허지 못했다. 배는 와자작 갈라지곡 훍은 낭이 쿵하고 털어졌다. 파도가 배를 노리쳥 돛이 갈대고추룩 두 개로 뿌실라져 불었다. 배는 옆으로 자우라졍 물이 짐칸꼬지 쳐들어왔다.

이제 인어 공주는 사름덜이 위험에 빠진 것을 알았다. 이녁도 바당에 이레저레 떠다니는 낭광 판자를 피해사 했다. 혼순간 어둑어졍 공주는 아무것도 볼 수가 어섯다. 다음 순간 번개가 완전 훤허게 내리쳐서 배 우이에 것덜을 몬딱 분명허게 베레졌다. 몬딱 최선을 다행 살 궁리를 했다. 공주는 그 젊은 왕자를 촟앙 가차이 강 지켜보았다. 배가 두 개로 갈라졍 왕자가 바당 쏘곱으로 골라아진 모습이 보였다. 처음 공주는 왕자가 자신과 혼디 이성 너무 지꺼졌다. 경허당 문득 사름이 물 쏘곱에서 살지 못허고 아버지 성에 죽은 시체로 도착헐 거랜허는 사실이 떠올랐다. 안돼! 이 소나인 죽으민 안된다! 경행 공주는 둥갈둥갈 떠다니는 낭땡이 기둥이 이녁신디 부닥칠지도 모른댄허는 것을 오꼿 들러먹어불곡 그 사이로 히엄청 갔다. 파도 쏘곱으로 들어강 물마루를 타멍 마침내 그 젊은 왕자신디 다가갔다. 왕자는 그 용심난 바당에서 더 이상 히엄칠 수 없었다. 폴다리에 기신이 빠지고 아꼬운 눈동자는 굳게 닫형 공주가 도와주래 오지 안해시민 죽었을 것이다. 공주는 물 배께띠로 왕자의 머리를 올령 파도가 가는 곳으로 몸을 맡겼다.

날이 붉으난 비보름이 호썰 자고 배의 흔적은 눈에 보이지도 않았다. 태양이 물 우이로 벌겅허고 훤허게 뜨멍 왕자의 양지에 생기를 불어 넣엇다. 경해도 왕자는 눈을 곰앙 이섰다. 공주는 반듯한 임댕이에 입을 맞추었다. 젖은 머리카락을 뒤로 씰어 냉기난 공주신딘 이녁의 작은 꽃밭에 이신 그 대리석 동상고추룩 보였다. 공주는 왕자신디 또시 입을 맞추곡 살아나시민 했다.

저 앞이 퍼렁헌 산이 뻬족허게 이신 육지가 보였다. 백조 떼가 그디서 쉬는 거고추룩 꼭대기에 눈이 허영허게 빈찍거렸다. 바당 아래 막 퍼렁헌 숲이 싯고 혼 가운디 성당인지, 수도원인지 모르는 집 호나가 이섰다. 오렌지 낭허고 레몬 낭이 마당에서 크고 높은 야자수덜이 문 어염에 하영 이섰다. 이 바당은 족은 게가 맹글아지고 조용허고 완전 짚었다. 곱다헉 모살이 엉장 아래로 쓸령 내려왔다. 공주는 그 잘생긴 왕자를 데령 그디레 히엄청강 모살밭디 왕자를 눅졍 또뜻헌 햇살을 받게 머리를 높이 괴어주고는 지극

정성으로 돌보았다.

허영허고 큰큰헌 집이서 종이 울리기 시작허난 혼 무리의 젊은 비바리덜이 정원더레 우르르 나왔다. 공주는 물 배께띠로 삐죽 튀어나온 큰큰헌 돌 두이 몸을 곱졌다. 개끔으로 머리카락광 우뚝지를 곱져부난 아무도 공주의 서늉을 볼 수 어섰다. 경허고 누가 이 가엾은 왕자를 촟아내는지 지켜보았다.

호꼼 있당 혼 젊은 비바리가 왕자신디 왔다. 이 비바린 호꼼 놀란 거 닮았다. 경허고 더 사름덜을 하영 불렀다. 인어는 왕자가 의식을 되찾는 것을, 소방에 이신 사름덜신디 웃어보이는 걸 베레 보았다. 겐디 공주신딘 웃지 않했다. 왕자는 인어 공주가 이녁을 구헌 줄도 알지 못한 따문이다. 공주는 잘도 을큰했다. 사름덜이 왕자를 그 큰큰헌 집더레 데령 갈 땐 막 칭원헌 마음으로 물 쏘곱더레 튀어 들어강 아버지의 성으로 돌아갔다.

공주는 느량 조용허고 생각이 짚었다. 겐디 지금 더 말어시 생각에 잠겼다. 언니덜은 물 우이 처음 올라강 무신걸 보아시넨 들어도 막냉이 공주는 아무말도 곧질 않했다.

요라 날 저냑 경허고 요라 날 아침, 공주는 그 왕자를 보내분 딜 또시 가 보았다. 정원에 잘 익엉 다 타분 과일을 보곡 높은 산에 눈 녹는 것도 보았주만 그 왕잔 보지 못했다. 경행 집더레 돌아올 땐 떠날 때보다 더 마음이 을큰했다. 그 족은 정원에 아장 왕자고추룩 보이는 그 고운 대리석 동상을 쿰에 쿰엉 아진 것이 공주신딘 호나의 위안이었다. 겐디 이젠 고장을 돌보지 않앗다. 고장은 함부로 길까지 뻗어강 그딘 황무지가 되엇다. 진진헌 줄기허고 낭 섶파리는 나뭇가지에 막 얼거졍 우울헌 굴메를 던졋다.

공주는 더 이상 졷딜 수가 어섯다. 이녁이 비밀을 혼 언니신디 골아 주엇다. 겐디 곧자마자 다른 언니덜도 몬딱 그 이야기를 알게 되어불엇다. 멧멧 인어덜토 알아불엇다. 그 중에 혼 인어가 그 왕자가 누겐지 알앗다. 이 친구도 배 우이서 왕자의 축하 잔치를 보앗다. 그 소나이가 어디서 와신디 어느 왕궁에 사는디도 알앗다.

언니덜이 골앗다.

“혼저, 막둥아!”

서로 팔장을 끼곡 질게 혼 줄로 쫄줄러니 상 물 우이로 올라강 왕자의 성이 잇덴허는 디 바로 앞더레 갓다. 큰큰헌 대리석 계단에 빈찍빈찍 빛나는 황금색 돌로 지슨 성이라신디, 계단 호나는 아래 바당으로 이어졋다. 금박을 입진 큰큰헌 돔이 지붕 우이 솟아잇고 집 주위 기중 사이로 실지허고 똑 곧은 대리석 동상이 이섯다. 높은 창문의 투명한 유리로 막 빈난 비단 걸개와 태피스트리가 이신 화려한 홀이 베려져신디 기림으로 덕어진 벽은 보기에 완전 멋졋다. 메인 홀 혼가운디 큰큰헌 분수가 유리 돔 지붕꼬지 물을 뿜고 햇빛이 분수대의 물허고 큰큰헌 수반에서 크는 사랑스러운 식물을 비추엇다.

이제 인어 공주는 왕자가 어디 사는지 알아시난 요라 날 저냑, 요라 날 밤 그 바당에서 시간을 보냇다. 언니덜보다 막 과감하게 히엄쳥 갓다. 심지어 화려한 대리석 발코니가 바당에 질게 굴메를 드리우는 좁은 시내까지 올라갔다. 그디 아장 그 왕자를 지켜 보았다. 왕자는 돌빛 쏘곱이서 이녁 혼자 있덴 생각을 했다.

요라 날 자냑, 왕자가 음악이 흐르고 깃발이 흥그는날 멋진 배를 탕 나가는 모습을 공주가 보았다. 공주는 덤불 사이로 솔쨰기 베레보았다. 보름이 불엉 공주의 은빛 꼴랑지 우이로 불민 꼭 백조 혼 마리가 놀개를 펼친 거고추룩 보였다.

요라 날 밤, 낚시꾼덜이 횃불을 들렁 바당더레 나가는 모습을 보았다. 낚시꾼덜이 왕자가 얼마나 착헌지 말허는 것도 들었다. 그 말을 들으난 왕자가 물에 빠졍 죽을 뻔헐 때 목숨을 구해준 사름이 이녁이랜헌 걸 생각허멍 자랑스러운 모음이 들었다. 이녁의 가심에 직산해난 왕자의 머리가 얼마나 부드러와나신지, 왕지신디 입을 맞출 때 얼마나 감미로와나신지 떠올렸다. 겐디 왕자는 이걸 번찍 알지 못했다. 상상조차 허지 못했다.

날이 갈수록 인어 공주는 사름덜이 좋아졌다. 경허고 점점 더 사름덜쾅 혼디 살구졍 헌 모음이 간절했다. 사름사는 시상은 인어덜 사는 시상보다 더 널른 거 닮았다. 사름덜은 배탕 바당 우이를 다닐 수도 싯고 구름 우이 높은 산을 올라갈 수도 이섯다. 인어 공주는 알구졍 헌 게 너미 핫다. 경행 '물 우이 시상'에 대행으네 잘 아는 할망을 촟아갔다. '물 우이 시상'은 할망이 바당 우이이신 나라에 붙인 일름이었다.

인어 공주가 들어봤다.

"인간은 물에 빠졍 죽지 안허민 천년만년 삽니까? 우리가 이디 아래 바당에서 죽는 거고추룩 인간덜은 죽지 안헙니까?"

노부인 여왕이 대답했다.

"죽주 무사 안주느니. 사름덜토 죽은다. 사름의 수명은 우리보다 훨씬 쫄른다. 우린 삼백 설꼬지 살 수 있주만 우리가 수명을 다헐 때 우린 그저 바당의 개끔으로 변헌다. 경허영 사랑허는 사름덜 사이, 이디 아래 무덤이 어서. 우린 불멸의 영혼이 엇주게. 죽음 이루후제의 삶이 엇덴헌 말이라. 우린 초록 바당풀과 곹아. 일단 쫄라져불민 또시 자라지 안해. 겐디 반대로 사름덜은 영원히 사는 영혼이랜헌 게 있주. 육체가 헉으로 변허고 난 이루후제에도 오래오래 이어지는……. 영혼은 희박한 공기를 탕 저 우이 빈찍이는 별로 올라가주게. 우리가 육지를 보잰 물 우이로 올라가는 거고추룩. 사름덜은 미지의 아름다운 디로 올라간덴헌 말이라. 우리신디는 결코 보이지 않는 디레 가는거주……."

인어 공주가 애석해 하면서 들어봤다.

"무사 우린 불멸의 영혼을 받지 못했쑤과? 단 호루라도 인간이 될 수 있덴허민, 나중에 그 천사의 왕국에서 혼디 헐 수 있덴허민, 내 삼백년을 기꺼이 포기허쿠다"

할망이 말했다.

“그추룩 생각허민 안 된다. 우린 저 우이 사름덜보다 훨씬 더 행복허게 지냄고 훨씬 더 잘 살암져.”

“경허민 나도 죽엉 바당에 개끔고추룩 둥갈둥갈 떠다녀사 헙니까? 음악과 곹은 파도를 듣지 못허고, 고운 고장, 벌겅헌 태양도 보지 못허고마씨. 불멸의 영혼을 언잰허민 나가 헐 수 이신 게 아무것도 엇수과?”

할망이 대답허였다.

“엇다. 사름이 늘 막 사랑행 그 사름신디 느가 부모보다 더 큰 의미랜허민, 그 소나이가 생각허는 거영 심장이 몬딱 느영 호나가 되엉 사제가 그 사름의 노단착 손광 느 손을 보끈 심게 허고 충직과 영원을 약속허게 헌댄허민, 경허민 그 사름의 영혼이 느 몸 쏘곱으로 스며들어 갈 거여. 경허민 느가 인간의 행복을 혼디 해질 거여. 그 사름은 너신디 영혼을 주어도 이녁 것은 간직허주. 겐디 그런 일은 절대 쉽게 이루어지지 안헌다. 이디 바당에서 그추룩 곱닥헌 느 지느러미를 땅에선 추접허댄 헐 거여. 그디 취향은 어설퍼서 너신디 사름덜이 다리랜 불르는 어색헌 소품이 이서산 된다”

인어 공주는 혼숨을 푹 쉬멍 이녁 지느러미를 울럿이 베레봤다.

할망이 말했다.

“혼저, 힘 내라. 우리가 살 삼백 년 내내 휘감앙 돌아다니게. 확실히 그걸 혼디 나누는 게 중요허주 경헌후제 나중에 평화롭게 쉬게 될 거여. 우린 오널 저냑이 궁중 무도회를 욜 거여."

무도회는 땅 우이서 봐지는 어느 무도회보다 훨씬 더 벨난 행사였다. 큰큰한 연회장의 벽과 천장은 큰큰허고 투명헌 유리로 맹글았다. 장미고추룩 벌겅허고, 짙은 풀빛 막 큰큰헌 조개 수백 개가 퍼렁헌 불꽃을 쿰고 혼 줄로 양옆에 코찡허게 상 무도회장 전부허고 벽을 아주 선명허게 비추왕 바닷 쏘곱이 꽤나 붉았다. 셀 수 어시 한한허고 크고 족은 물괴기가 그 유리벽을 향행 히엄치는 것이 보였다. 멧멧 물괴기의 비늘은 벌겅헌 보랏빛으로 또 다른 물괴기는 은빛과 금빛으로 빛났다. 무도회장 바닥으로 막 큰 물줄기가 흘렀다. 그 우이로 인어덜이 매혹적인 노래에 맞추엉 춤을 추었다. 그추룩 고운 목소리는 땅에 사는 사름덜 사이에선 들리지 않았다. 막둥이 공주는 다른 누게보다 감미롭게 노래를 불렁 그디 온 사름 몬딱 감탄허였다. 혼순간 막둥이 공주는 이녁이 목소리가 바당에서나 땅에서나 누게보다 사랑스러워시난 막 행복했다. 겐디 곧 저 우이 시상에 대한 생각으로 흘러갔다. 그 매력적인 왕자, 경허고 왕자고추룩 불멸의 영혼이 없댄허는 슬픔을 잊을 수가 어섰다. 경허영 모두가 지꺼지게 노래허고 이신 아버지의 성을 솔째기 빠져나왕 이녁의 그 족은 꽃밭에 처량하게 아잤다.

문득 바당을 통행 나팔소리가 들려왔다. 공주는 생각했다.

"저건 분명 왕자가 배탕 나간덴허는 뜻이다. 나가 우리 아버지나 어머니 보다 더 사랑허는 왕자. 나가 오매불망 생각허는 왕자, 나 평생의 행복을 기꺼이 맡기구졍 헌 사름. 그 사름을 얻잰허민, 불멸의 영혼을 얻잰허민 난 뭐라도 허켜 언니덜이 이디 아빠의 성에서 춤을 추고 이신 동안, 지금꼬지 모소왕만 해난 바당 마녀를 촟아가켜. 혹시 마녀가 나신디 무신 조언을 해주멍 도와줄지 몰른다."

인어 공주는 꽃밭에서 나왕 마녀네 집 근방, 으르렁거리는 소용돌이를 향했다. 혼 번도 그 질을 가본 도래가 엇다. 그곳엔 고장도, 바당풀도 자라지 않았다. 마녀네 집으로 가쟁허민 이런 소용돌이를 뚫고 가사 헌다. 경헌후제 팔팔 끓는 먼먼헌 진창길이 있었다. 마녀는 그것을 석탄 습지랜 불렀다. 그 너머 마녀의 집은 괴상망칙헌 숲 혼가운디 이서신디 낭허고 관목은 몬딱 반은 중싱이고 반은 식물인 폴립(히드라·산호류 같은 원통형 해양 고착 생물)이었다. 폴립은 마치 땅 꼬곱이서 크는 머리가 백 개 돌린 배염고추룩 보였다. 낭 가진 몬딱 진진허고 끈적끈적헌 폴인디, 꾸물꾸물 기어다니는 게우리 손꾸락이 달렸다. 폴립은 몸마디, 마디를 꼼지락거리멍 뿌리에서 배께띠로 뻗은 촉수로 잡히는 건 무시거든 꽉 심엉 절대 보내주지 않았다. 인어 공주는 막 겁낭허멍 숲 끝댕이에서 멈추었다. 두려움에 심장이 쿵쾅거려서 거의 되돌아갈 뻔허였주만 왕자허고 인간덜이 가졍 있덴허는 영혼을 튼내고 용기를 그러모앗다. 포립한티 잡히지 않게 진진헌 머리채를 보끈 묶곡 두 폴을 앞더레 모으고, 공주를 심쟁 안달이 나서 폴과 손꾸락을 막 뻗어대는 그 끈적끈적헌 폴립 사이를 물괴기고추룩 잽싸게 빠져나갔다. 손아귀마다 수백 개의 촉수에 뭔가를 잡앙 이서신디, 튼튼헌 쇠고리에 돌아진 거고추룩 보였다. 바당에 빠졍 이추룩 짚은디꼬지 골아아장 죽은 사름의 히영헌 꽝이 폴립의 폴에 있었다. 배의 부품, 어부들의 궤짝, 육지 중싱의 해골도 저 손아귀로 떨어져 내렸주만 질 으스스헌 풍경은 무엇보다도 붙잡형 목이 졸린 두린 인어였다.

공주는 숲속 진흙투성이 널른 빈터에 도착허난, 살집 좋은 흙은 물배염덜이 미끄러지듯 스르르 나가멍 역겨운 누런 뱃가죽을 드러냈다. 빈터 혼가운디 난파된 사름의 꽝으로 지슨 집이 혼 채 이섰다. 경허고 그기 바당 마녀가 아장 우리가 카나리아 생이신디 설탕을 멕이듯 두체비 혼 마리를 시켱 이녁 입에서 나오는 것을 먹으랜 시켰다. 마녀는 그 추접헌 물배염덜을 '아기'랜 불르멍 스펀지 곹은 이녁의 가심을 이래저래 기어다니게 했다.

마녀가 골았다.

“너가 원허는 것이 뭔지 안다. 너 잘도 어리석구나. 허주만 느 모심대로 될 거여. 자랑스러운 공주, 넌 슬픔도 얻게 될 거여. 넌 지느러미영 꼬리도 없애고 그 대신에 그 물건 두 개를 가지구졍 허염구나. 그 졺은 왕자가 느영 사랑에 빠졍 그 사름허고 불멸의 영혼을 가지구졍 허염서.”

이디서 마녀는 어떵사 깔깔대멍 웃어대는지 두테비영 배염덜이 바닥으로 텅러졍 온몸을 비틀어댔다.

마녀가 말을 계속 허였다.

“제때에 잘 왔져. 태양이 내일 떠올라나민 난 일년 내내 널 도와줄 수가 어신디. 나가 혼 번 먹을 약을 맹글아 주주. 해가 뜨기 전이 그걸 가졍 물가로 히엄쳥 가사헌다. 몰른 땅에 아장 그걸 다 마시라. 경허민 느 꼴랑지가 둘로 곱갈라지멍 쪼그라들 거여. 막 노신 칼로 콱콱 찔러대는 느낌이 들 거여. 만나는 사름은 누게라도. 지금까지 본 중에 질 고운 사름이랜 말헐 거여.

사뿐히 걷는 느 발걸음은 어느 무용수도 따라 오지 못헐 거고. 겐디 느가 발걸음을 움직거릴 때마다 넌 칼날 우이를 걷는 거고추룩 피가 찰찰 흘리는 느낌이 들 거여. 기꺼이 널 도와주주. 겐디 영헌걸 몬 촘아내어 지크냐?"

"예게. 허고 말고 마씨."

공주는 왕자와 사름의 영혼을 얻는다는 생각을 허멍 떨리는 목소리로 대답했다.

마녀가 골았다.

"기억허라! 일단 사름의 모습이 되민 넌 또신 인어로 되돌아오지 못헌다. 너네 언니덜. 느네 아버지의 성으로 또시 돌아오지 못헌다. 경허고 너가 왕자의 사랑을 완벽허게 얻지 못허민, 경허난 이녁 부모덜을 깡그리 잊어불곡 머리허고 심장으로 느만 생각허지 못헌댄허민, 경허고 사제가 결혼식에서 느 손을 심지 못헌댄허민, 경허민 넌 불멸의 영혼을 얻지 못헌다. 만약에 왕자가 다른 사름허고 결혼을 허게 되민 느 심장은 다음날 아칙이 산산 조각이 나고 바당에 개끔이 될 거여. "

"감수허쿠다."

공주가 골았다. 겐디 얼굴은 죽은 사름고추룩 창백했다.

"경허고 는 나신디 값을 지불해야 되어. 난 하찮은 걸 도래허지 안헌다.

넌 이디 바당 아래서 누구보다 소리가 고와. 그 목소리로 분명 그 왕자를 사로잡구정 헐 거여. 겐디 넌 그 목소리를 나신디 줘사 헌다. 느가 가진 바로 그걸 나가 가져갈 거여. 나가 빛난 약을 주는 대신 가져가마. 나도 약 맹글쟁허민 피를 흘려산다. 막 잘 듣는 약 맹글쟁허민……."

"겐디 나 목소리를 가져가불민 나신디 뭐가 남습니까?"

"느 고운 서늉, 닝끼릴 거고추룩 걷는 발걸음, 초롱초롱헌 눈, 이런 것덜로는 왕자의 모음을 쉽게 홀려질 거여. 흠, 용기가 어서져불어시냐? 새를 밀록허게 내놓으라. 경허민 나가 물착 끊차 주크메. 난 느신디 댓가를 갖고, 는 잘 듣는 약을 가지게 될 거여."

"혼저 헙써."

마녀는 불에 가마솥을 걸엉 약을 끓였다.

"깨끗헌 게 좋지"

마녀는 그추룩 말허멍 배염을 돌돌 몰앙 그걸로 단지를 쓱쓱 문질렀다. 경허고 가심을 콱 찔렁 시커멍헌 피를 그 가마솥 쏘곱에 후드득 떨어뜨렸다. 그 쏘곱에서 연기가 으스스허게 피어올랑 그 모습만으로도 공포로 얼어 붙을 거 닮았다. 마녀는 끝도어시 새로운 재료를 가마솥에 던져 넣었다. 곧 악어가 눈물을 흘리는 거 닮은 소리를 내멍 가마솥이 서서히 끓기 시작했다. 마침내 약이 다 되었다. 약은 코콜헌 물고추룩 투명허여 보였다.

"마 느 약이여"

마녀는 약을 주고 공주의 혀를 쫄라갔다. 공주는 더 이상 말을 헐 수가 없었다. 노래도. 이야기도 헐 수 없었다.

마녀가 골았다.

"느가 이 숲을 나갈 때 폴립덜이 느신디 덤벼들거여. 게민 이걸 그녀석덜신디 혼 방울만 털어치라. 경허민 촉수가 수천 가닥으로 갈라질 거난."

겐디 그럴 필요가 없었다. 폴립덜은 그 약을 보자마자 놀라서 몸을 몰았다. 약은 빛나는 벨고추룩 공주의 손에서 빛을 냈다. 경행 공주는 금방 그 숲, 습지, 경허고 으르렁대는 소용돌이를 빠져 나왔다.

아버지의 성이 베레졌다. 연회장의 불은 벌써 꺼졌다. 분명 성에 이신 모두가 좀이 든 게 틀림없었다. 겐디 공주는 차마 근처에 가지 못했다. 이젠 말을 못허게된 채 영원히 고향을 떠나갈 것이다. 심장이 슬픔으로 뿌실라질 거 닮았다. 살금살금 꽃밭에 강 언니덜의 고장을 호나씩 탕 성을 향해 수없이 입맞춤을 보냈다. 이윽고 검푸른 바당을 헤치고 우이로 올라갔다.

왕자의 성에 도착허였을 때 해는 아직 떠오르지 않았다. 그 화려한 대리석 계단을 올라갈 때 돌이 훤허게 비추고 있었다. 공주는 그 칼칼 쓴 약을 꿀꺽 솜졌다. 약은 양날의 칼고추룩 가녀린 몸을 내리치는 거 닮았다. 공주는 정신을 잃고 죽은 듯이 그디 쓰러졌다. 태양이 바당 우이에 떠오르자 찌를 듯한 고통을 느끼며 깨어낫다. 겐디 공주 바로 앞이 그 잘생긴 왕자가 칠흑 곱은 눈동자로 공주를 노려다보고 잇엇다. 공주는 고개를 숙영 꼴랑지가 사라진 걸 보앗다. 젊은 연인덜이 바라는 사랑스러운 히영헌 다리가 돌령 이섯다. 겐디 문짝 배꼇진 채난, 이녁 진진헌 머리로 몸을 감쌋다.

왕자는 누구고 이디 어떵 와시넨 들어봣다. 공주는 말을 헐 수가 어시난 그 짙은 퍼렁헌 눈동자로 부드럽지만 몹시 슬프게 왕자를 베렷다. 문득 왕자는 공주의 손을 심엉 성 안터레 들어갓다. 발걸음을 옮길 때마다 멘도날 경허고 노신 칼 끝댕일 걷는 거 닮앗다. 마녀가 미릇 골아준 그대로엿다. 경해도 공주는 끝끝내 촘앗다. 왕자 져꺼띠를 걸으멍 개끔고추룩 가볍게 움직엿다. 왕자허고 공주를 본 사름덜은 몬딱 그 우아허게 걷는 모습에 놀라워햇다.

일단 성에서 준 실크허고 모슬린 의상을 입으난 공주는 이 성에서 질 고왓다. 겐디 공주는 말도 못허고 노래도 허지 못햇다. 실크허고 황금빛 옷을 입은 막 고운 여자 무희덜이 왕 왕자허고 왕자의 부모님 앞이서 노래를 불럿다. 그중 호나가 누구보다 노래를 잘 불르난 왕자는 그 여자신디 웃으멍 손뼉을 쳣다. 공주는 몹시도 슬펏다. 이녁이 훨씬 더 노랠 잘 불러난 걸 알기 따문이다.

공주는 생각햇다.

'당신허고 혼디 잇잰허난 나 목소리허고 영원히 헤어졋덴헌 걸 당신이 안덴허민…….'

우아한 무희덜이 이제 질 아름다운 음악에 맞추어 춤을 추기 시작했다. 문득 공주는 히영헌 폴을 들렁 발끝댕이로 일어상 앞으로 걸어 나갔다. 누게도 춤을 경 잘 추지는 못했다. 발걸음을 움직거릴 때마다 더 곱게 춤추멍 그 어떤 무희덜보다 눈으로 가심을 향행 짚이 골았다.

모두가 공주신디 넋을 잃고 말았다. 특히 왕자가 경했다. 왕자는 공주를 '질에서 줏은 사랑스러운 여인'이라고 불렀다. 공주는 멫 번이고 또시 춤을 추었다. 겐디 바닥에 발이 닿을 때마다 노신 쐬 우이를 걷는 거 닮았다. 왕자는 언제나 공주를 져꺼띠 두겠다고 말했다. 경허멍 문 배꼐띠서 자도 좋댄허멍 벨벳 이불을 내주었다.

왕자는 공주신디 시종의 옷을 만들어 주어서 공주는 몰을 탕 왕자영 혼디 나갈 수 이섰다. 둘은 향기로운 숲을 달리곤 했다. 퍼렁헌 낭가지가 인어 공주의 우뚝지를 스치고, 족은 생이덜이 나풀거리는 낭 섶파리 사이로 노래를 불렀다.

공주는 왕자허고 혼디 높은 산으로 올라갔다. 그 부드러운 발에서는 눈에 띄게 피가 흘렀주만 그저 웃으멍 왕자를 돌랑 올라강 구름이 생이 무리고추룩 저 먼 땅으로 내려가는 모습을 내려다보았다.

왕자의 궁전에서 몬딱 밤에 좀 들어실 때 공주는 그 널른 대리석 계단을 노려강 석석헌 바당물에 불에 댄 거 닮은 발을 식혔다. 경헌 다음 바당 아래 사는 이들을 튼내보았다. 어느 날 밤, 언니덜이 팔짱을 끼고 바당에 올라왕 칭원허게 노래를 부르고 있었다. 공주가 언니덜을 향행 손을 흔드난 언니덜도 알아보고는 공주가 모두를 무척이나 슬프게 했다고 골았다. 그로 후제, 언니덜은 매일 밤만 되민 보레 왔다. 혼 번은 멀리서, 멀리 바당에서 할망을 보았다. 할망은 최근 오랫동안 물 우이레 올라온 적이 어섰다. 그기 왕관을 쓴 바당의 왕도 혼디 이섰다. 둘은 공주를 향해 손을 뻗었다. 겐디 언니덜만큼 육지로 가차이 다가오지는 않았다.

날이 갈수록 공주는 왕자를 더 짚이 사랑했다. 왕자는 두린아이를 아끼듯이 공주를 좋아했주만 왕비로 삼을 생각은 전혀 허지 않았다. 허지만 공주는 왕자의 아내가 되어야 했다. 경허지 안허민 결코 불멸의 영혼을 가지지 못허고 왕자의 결혼식 다음 날 아침 바당의 개끔이 될 것이다.

인어 공주의 눈은 왕자신디 이추룩 묻는 것 닮았다.

'나를 누게보다 사랑하지 않햄쑤과?'

경허민 왕자는 인어 공주의 두 손을 심엉 사랑스러운 이마에 입을 맞추어 주었다.

"물론이지. 넌 나신디 무척이나 사랑스러워. 너는 누게보다 모음이 착허난. 게다가 다른 누게보다 더 나를 사랑허지. 넌 언젠가 나가 한 번 봐난 겐디 절대 촟지 못허는 두린 소녀를 하영 닮았져. 난 난파된 배에 이서났져. 파도가 한 수도원으로 나를 쓸어갔주. 그기서 졺은 여인들 요랏이 의식을 치르고 있었어. 그중 질 두린 지지빠이가 바당에서 나를 촟아냉 나 목숨을 구해주었지. 겐디 난 그 지지빠이를 두 번 다시 보지 못했져. 그 지지빠이는 나가 사랑헐 수 있는 이 세상의 유일한 여인이여. 경해도 느가 그 소녀허고 하영 닮아시난 나 모심 쏘곱이서 그 여인의 추억을 대신해 주주. 그 여인은 수도원에서 살아. 다행스럽게도 늘 엇었지. 우리는 절대 헤어지지 않을 거여."

인어 공주는 생각했다.

'아, 왕자는 목숨을 구해준 사름이 나엔허는 사실을 몰람구나. 나가 바당에서 그 수도원 정원더레 왕자를 데려 가신디. 난 물우이 개끔 뒤에 숨엉 누게가 오는지 지켜보았져. 왕자가 나보다 더 사랑헌댄허는 그 비바리를 보았져.'

혼숨만이 공주가 짚은 슬픔을 드러내는 방법이었다. 인어덜은 울 수가 어시난.

'그 비바리가 그 수도원에 산덴 왕자가 말했지. 이 세상으로 절대 나오지 않을 거여. 또신 서로 만나지 않겠지. 나야말로 왕자를 좋아허고, 사랑허고 왕자 우렁 목숨을 몬딱 줄 수 있져.'

이제 왕자가 이웃 왕의 고운 똘이영 결혼헐 거랜허는 소문이 돌기 시작했다. 이 때문에 제라진 배가 항해에 나설 준비를 했다. 왕자가 이웃 왕국더레 가는 이유는 왕의 똘을 보구경 헌 것으로, 듬직한 수행원들과 혼디 떠난댄 했다. 인어 공주는 고개를 저으며 미소 지었다. 왕자의 생각을 누게보다 훨씬 더 잘 알았기 때문이다.

왕자가 공주신디 골았다.

“여행을 떠나사 헌다. 막 아꼬운 공주를 보레 가사는디 그게 부모님의 바람이여. 겐디 신부가 나 뜻허고 다르덴허민 난 공주를 집으로 데려오지 않을 거여. 경허고 난 절대 그 공주를 사랑헐 수 엇다. 공주는 수도원에 이신 그 막 아꼬운 여자를 너만큼 닮지 안해실거난. 나가 신부를 선택헌댄허민, 너를 선택허켜. 말 못 허는 ‘질에서 촞은 사랑스러운 여인’아.”

경허영 인어 공주신디 입을 맞추고 진진헌 머리카락을 쏠쏠 씰멍 공주의 가심에 머리를 직산했다. 공주는 사름의 행복광 불멸의 영혼을 꿈꾸었다.

이웃 왕네 나라더레 실러다 줄 엄불랑헌 배에 올라타난, 왕자가 골았다.

“는 바당을 모소왕 허지 않지? 질에서 촞은 사랑스러운 여인.”

경허고 인어 공주신디 폭풍, 차분헌 배, 짚은 바당의 낯선 물괴기, 물쏘곱에 들어강 봐난 경이로운 것들의 이야기를 골아줬다. 공주는 그런 이야기를 들으멍 미소 지었다. 공주만큼이나 저 깊은 바당 쏘곱 이야기를 아는 사름은 어서시난.

붉은 돌 아래서, 배를 모는 사름을 빼곤 몬딱 좀이 들었을 때 공주는 혼쪽에 아장 투명한 바당을 베레다 보멍 아버지의 성을 튼냈다. 성의 탑 질 우이 할망이 은색 왕관을 썽 상으네 서둘러 흘러가는 배를 올려다 봠다. 문득 언니덜이 물 우이로 올라왕 공주를 안타깝게 베레보멍 서로 히영헌 손을 심었다. 공주는 웃으멍 손을 흔들멍 몬딱 잘 되어 간댄, 자신은 행복허댄 골아주잰 허였다. 겐디 선실에서 부름씨를 허는 두린아이가 나오는 보름에 언니덜이 재빨리 물 쏘곱으로 들어가 불었다. 두린아인 이녁이 본 넘실거리는 절이 그저 바당의 개끔이랜 생각했다.

이튿날 아침, 배는 이웃 왕의 화려한 도시의 항구에 들어샀다. 교회덜은 몬딱 종소리를 울리고 높은 탑에서는 트럼펫을 부는 소리가 들려왔다. 군인덜이 나부끼는 깃발과 빈찍빈찍헌 총을 들렁 혼 줄로 샀다. 맨날 잔치가 열렸다. 무도회 또는 또 다른 알현식이 이어졌주만 공주는 여전히 나타나지 않했다. 사람들이 곧기를 멀리 이신 수도원에서 왕실의 예의범절을 배우고 있덴 골았다. 마침내 공주가 들어왔다.

인어 공주는 이 공주가 얼마나 아름다운지 알구정 허였다. 솔직히 그추룩 뛰어나게 아름다운 사름을 혼 번도 본 적이 엇다. 피부는 투명허고 고우며 그 진진허고 짙은 속눈썹 뒤로 퍼렁헌 눈동자가 진실되고 순수허게 웃고 있었다.

왕자가 큰소리로 웨울렀다.

"당신이라났구나양! 나가 죽은 거고추룩 바당에 누웡이실 때 날 구해준 사름이구나예?"

왕자는 얼굴을 붉히는 신부를 두 폴로 안았다. 경허고 인어 공주신디 골았다.

"아, 난 누게보다 행복한 사름일 거여. 나가 사랑허는 꿈, 감히 바랄 수도 어신 꿈이 이루어졌져. 는 나의 이 큰 기쁨을 나영 혼디 헐테주이. 는 나를 다른 누게보다 사랑허난."

인어 공주는 왕자의 손에 입을 맞추멍 심장이 깨질 거 닮은 기분이 들었다. 결혼식 다음 날 아침 공주는 목숨을 잃러불고 개끔으로 변헐 거난.

교회의 종이 몬딱 울려 퍼지멍 온 도시에 결혼식 소식을 전했다. 제단마다 막 빈난 램프에 향유를 피워 올렸다. 사제들이 향로를 이리저리 흔들고 교황은 신랑허고 신부신디 축성을 내려 주었다. 인어 공주는 황금색 실크 옷을 입고 신부의 진진헌 치맛자락을 심었다. 겐디 결혼식 행진곡도 들리지 안허고, 결혼식 풍경도 눈에 들어오지 않했다. 이 땅에서의 마지막 밤, 이 세상에서 잃러분 그 모든 것덜에 대한 생각뿐이었다.

그날 저냑 신부영 신랑은 배를 타레 갔다. 폭죽이 터지고 깃발이 휘날렸다. 배 갑판 우이 보라색허고 황금색 왕실 천막이 차려지고, 우아헌 잠자리가 마련되었다. 고요하고 맑은 밤 신혼부부는 이디서 좀을 잘 것이다. 배는 산들보름을 탕 닝끼리듯 가볍게 지나강 조용헌 바당 우이서 거의 움직거리지도 않는 거고추룩 보였다. 해질녁 오색찬란한 색색 등이 켜지난 뱃사름덜은 갑판 우이서 춤을 추었다. 인어 공주는 짚은 바당에서 처음으로 올라와실 때 봐난 그 지꺼진 모습이 떠올랐다. 인어 공주는 먹이를 좇는 제비고추룩 혼디 어울령 춤을 추었다. 모두가 인어 공주신디 박수를 보냈다. 실로 인어 공주가 그추룩 멋지게 춤을 춘 적이 없기 때문이었다. 단검이 연약한 발을 찌르는 거 닮아도, 애썽 모른 척했다. 심장이 훨씬 더 큰 고통으로 아팠다. 이녁의 사랑스러운 목소리를 아낌없이 버리고 끝도 어신 고통을 감내했던 왕자를 보는 마지막 저냑이라는 것을 알았다. 반면 왕자는 이런 것덜을 호나도 몰랐다. 인어 공주신디 왕자허고 곧은 공기를 숨 쉬고 짚은 바당을 베려보고, 퍼렁헌 하널의 한한헌 밤을 올려다보는 마지막 밤이었다. 생각도 헐 수 엇고, 꿈도 꿀 수 어신 영원과도 곧은 밤이 인어 공주를 기다렴다. 공주는 영혼이 엇고 영혼을 가질 수도 엇다. 한밤이 지나도록 잔치가 이어졌다. 허지만 공주는 모음에 드리운 죽음의 생각을 잊어불고 웃으멍 춤을 추었다. 왕자는 아름다운 신부에게 입을 맞추고 신부는 왕자의 칠흑고추룩 꺼멍헌 머리카락을 손으로 쏠쏠 씰멍 몬직았다. 두 사름은 손에 손을 잡곡 그 엄불랑헌 천막 안으로 쉬레 들어갔다.

배 우이로 침묵이 내려아잤다. 배를 모는 키잡이만 갑판에 남았다. 인어 공주는 벽에 직산허영 산 여명이 붉아오는 것을 베레봤다. 첫 여명이 비치자마자 이녁이 죽을거랜허는 걸 알았다. 문득 넘실거리는 파도 사이로 언니덜이 쪼짝 올라왔다. 언니덜은 막둥이 공주만이나 창백했다. 산들보름이 빗어주던 진진허고 아꼽고 사랑스러운 머리카락이 보이지 않았다. 전부 쫄라져불었다.

언니들이 골았다.

"우리 머리카락을 마녀신디 줬져, 늘 도울 방법을 얻으잰. 오널 밤 느 목숨을 구허라. 마녀가 우리신디 칼을 주었져. 이 노신 칼날을 베려보라! 해가 뜨기 전이, 는 왕자의 심장에 이걸 꽂아사 헌다. 왕자의 뜨거운 피가 느 발을 적시민 발이 또시 호나가 되엉 지느러미 꼬리로 변헐 거여. 경허민

는 또시 인어가 되엉 바당 쏘곱 우리신디 돌아올 수 이서. 죽엉 쫀 바당의 개끔이 될 때꼬지 삼백 년을 더 살 수 이서. 제기허라! 왕자든 너든 해가 뜨기 전이 죽어사 헌다. 할망은 슬픔에 빠졍 히영헌 머리카락이 계속 빠졈서, 꼭 마녀가 가위로 쫄라분 우리 머리카락 닮아. 왕자를 죽이라. 경허고 우리신디 돌아오라. 제기! 혼저! 하널의 저 벌겅헌 기운을 보라! 멫 분 이시민 태양이 떠오르고 는 죽은다."

그추룩 말허멍 언니덜은 혼숨을 토해내뒹 파도 아래로 골아아잤다.

인어 공주는 보라색 천막을 욜았다. 아름다운 공주가 왕자의 가심에 머리를 직산허영 좀이 들었다. 인어 공주는 허리를 숙영 왕자의 임댕이에 입을 맞추었다. 서둘렁 호루를 열기 위허영 벌겅케 빛나고 있는 하널을 보았다. 노신 칼을 봐난다음 또시 왕자신디 눈을 돌렸다. 왕자는 자멍 신부의 이름을 중얼거렸다. 온통 신부 생각뿐이었다. 인어 공주의 손에 심은 칼날이 바르르 떨렸다. 문득 공주는 칼을 저 먼먼헌 바당더레 휙 데껴불었다. 칼이 바당 쏘곱이 풍덩 빠진 자리가 마치 부글부글 끓듯 피처럼 붉아졌다. 인어 공주는 이미 흐릿해진 눈으로 혼 번 더 왕자를 베린다음 밖으로 나왕 바당더레 몸을 날렸다. 몸이 개끔으로 녹아드는 느낌이었다.

해가 떠올라, 햇빛이 또똣허고 부드럽게 그 산도록헌 바당 개끔을 비추었다. 인어 공주는 죽음의 손길을 느끼지 못했다. 머리 위로 비추는 훤헌 햇빛 쏘곱에서 투명허고도 고운 생명체가 둥갈둥갈 떠다니는 게 보였다. 무척이나 투명허영 배의 허영헌 돛허고 하널의 벌겅헌 구름이 들여다보였다. 목소리는 음악과도 곧아서, 지상의 눈이 인어들의 개끔을 볼 수 어신

거고추룩 인간의 귀로는 그 소리를 쫓을 수가 어섰다. 날개도 엇이, 이들은 공기만이나 가볍게 떠다녔다. 인어 공주는 이녁이 저들과 곹은 모양이라는 것을 알았다. 점점 개끔에서 빠져나왕 우이로 올라가고 있었다.

"누구꽈? 나가 어디로 가는 거꽈?"

인어 공주가 들었다. 목소리가 우이서 들리는 것 닮았다. 무척이나 신비행 지상의 음악허고는 도무지 어울리지 않았다.

"우린 공기의 뚤덜이여. 인어는 불멸의 영혼이 어선 인간의 사랑을 얻지 못허민 영혼을 가질 수 엇다. 인어의 영원헌 생명은 몸 배께띠 심에 돌렸져. 공기의 뚤덜도 불멸의 영혼이 엇다. 겐디 착헌 행동을 허민 얻을 수 있져. 우린 남쪽더레 날아강. 우리가 써넝헌 보름을 불어넣지 안허민 그디 독약허고도 곹은 지저운 공기가 인간을 죽이주게. 우리는 가는 디마다 신선함과 치유의 밤을 주는 고장 내를 공기에 실렁간다. 삼백 년 동안 최선을 다행 좋은 일을 허민 우린 불멸의 영혼허고 인간의 영원헌 은총을 나누어 받앙. 느, 가엾은 인어야, 느도 이것을 우렁 온 마음을 다 바쳥 노력했져. 느 고통허고 충실험이 하널 높은 영혼의 왕국더레 너를 들어 올렸져. 이제 삼백 년 동안 선한 행동을 허민 절대 죽지 않는 영혼을 얻게 될 거여."

인어 공주는 투명허고 붉은 눈을 신의 태양을 향해 들어 올렸다. 처음으로 눈에 눈물이 고였다.

배 우인 촌촌히 활기를 띠멍 또시 생기가 돌았다. 왕자허고 그 아름다운 신부가 자기를 촟는 것이 보였다. 둘인 슬프게도 그 부글부글 끓는 개끔을 베레보았다. 마치 인어 공주가 바당 쏘곱더레 몸을 던진 사실을 아는 것 닮았다. 두 사름신디 보이지 않게 인어 공주는 신부의 임댕이에 입을 맞추곡 왕자신디 미소를 보내고 높이 흘러가는 장밋빛 구름으로 공기의 똘덜허고 혼디 올라갔다.

"이디가 신의 왕궁더레 가는 질이꽈? 삼백 년이 지난 후제?"

"좀 더 뽈를 수도 있져. 보이지 않게 우린 아이덜이 이신 인간덜의 집으로 날아 들어가지. 매일 우린 부모님을 지꺼지게 허고 사랑받을 자격이 이신 착헌 아이를 촟아. 경허민 신은 우리를 시험허는 날을 쫄르게 해줘. 아이는 우리가 이녁네 방을 둥둥 떠다닐 때 알지 못허여. 겐디 우리가 그 아이를 향해 웃일 때 삼백 년에서 1년이 줄어든덴헌 뜻이여. 겐디 우리가 버릇어신 아이를 보민 우리는 슬픔의 눈물을 흘려사 헌다. 눈물 혼 방울마다 우리 시험의 호루가 더 늘어나주."

인어 공주 (서울)

저 멀리 드넓은 바다에, 바닷물은 사랑스러운 수레국화 꽃잎만큼이나 파랗고 깨끗한 유리만큼이나 투명하다. 하지만 매우 깊기도 하다. 닻 밧줄이 닿는 곳보다 더 깊이 내려가서 바다 밑바닥부터 수많은 첨탑이 위로, 위로 높이 쌓일 정도이다. 거기 아래 인어들이 살았다.

자, 바다 밑바닥에는 그저 하얀 모래만 휑뎅그렁 있다고 추측하지 마라. 절대로 그렇지 않다! 하늘거리는 줄기와 잎이 달린 놀라운 나무와 꽃들이 그곳 아래에서 자라는데, 바닷물이 조금만 휘저어도 마치 살아있는 것처럼 몸을 흔들어 댄다. 여기 새들이 나무 위로 날아가는 것처럼 각양각색의 물고기가 나뭇가지 사이를 드나든다. 드넓은 바다 가장 깊은 곳에 바다 왕의 궁전이 솟아 있다. 성벽은 산호로 지었으며 높이 솟은 뾰족한 창문은 보석, 호박으로 만들었다. 지붕은 홍합 껍데기로 만들어 파도에 맞추어 입을 벌렸다가 닫았는데 아주 장관이다. 조개는 모두 반짝이는 진주를 품었는데 어느 것이라도 여왕이 쓰는 왕관의 자랑거리가 될 만했다.

저 아래 바다 왕은 몇 년 동안 아내를 잃고 혼자 살았다. 노모가 아들을 대신해 가정을 돌보았다. 노모는 현명한 여인이지만, 자신의 귀족 태생에 자부심이 강했다. 그리하여 자기 꼬리에 굴 열두 개를 달아 과시하면서도 궁정의 다른 부인들에게는 오직 여섯 개만 달고 다니게 했다. 이것만 빼고는 대체적으로 칭찬할만한 사람이었다, 특히 손녀들, 어린 바다 공주들을 지극히 좋아했기 때문에 칭찬할만했다. 사랑스러운 공주가 여섯 명 있었는데 그중에서 막내가 가장 아름다웠다. 피부는 장미 꽃잎처럼 부드럽고 매끄러웠으며 눈동자는 깊은 바다처럼 파란빛이었다. 하지만 다른 인어들처럼 발이 없었다. 몸 끝에 물고기의 꼬리가 달렸다.

낮 내내 공주들은 성 안, 살아있는 꽃들이 벽에서 자라는 저 아래 거대한 홀에서 놀았다. 우리가 창문을 열면 제비들이 우리 방으로 쏜살같이 달려오듯이, 높은 호박 보석 창문이 열리면 물고기들이 헤엄쳐 안으로 들어갔다. 지금 이 물고기들은 공주들 손에서 먹이를 받아먹고 귀여움을 받으러 곧장 헤엄쳐 갔다.

성 밖에는 불꽃처럼 빨갛고 또 깊은 바다색 같은 나무가 자라는 정원이 있다. 나무 열매는 황금처럼 빛나고 꽃은 끊임없이 손짓하는 가지에 붙어서 불꽃처럼 일렁였다. 흙은 정말이지 아주 고운 모래로, 불타는 유황처럼 파란빛이었다. 야릇한 파란 장막이 거기 아래 모든 것에 드리웠다. 여러분은 바다 밑바닥이 아니라, 위아래로 온통 파란 하늘만이 있는 높은 곳에 있다고 생각할지 모른다. 죽은 듯이 고요할 때면 태양을 볼 수 있었는데, 태양은 마치 꽃받침에서 흘러나오는, 빛을 품은 붉은 꽃과도 같았다.

공주들은 각각 자기들만의 작은 꽃밭이 있어서 땅을 파 좋아하는 꽃을 심었다. 공주 하나는 고래 모양 속에 귀여운 꽃 침대를 만들었는데, 또 다른 공주는 인어 같은 침대 모양을 만드는 게 더 깔끔하다고 생각했다. 막내는 태양처럼 둥글게 꽃밭을 만들어서 거기에 태양만큼이나 붉은 꽃만 심었다. 막내는 보통의 아이와는 다르게 평범하지 않고 차분하고 생각에 잠겨 있었다. 언니들이 자기 꽃밭을 가라앉은 배에서 찾아낸 온갖 이상한 것들로 꾸미고 있을 때, 막내는 태양만큼 붉은 꽃과 예쁜 대리석 동상을 제외하고는 아무것도 가져다 놓지 않았다. 새하얀 대리석에 새긴 잘생긴 소년의 동상은 난파된 배에서 바다 밑바닥으로 가라앉은 것이었다. 막내는 그 동상 옆에 붉은 버드나무를 심었는데 나무는 무척이나 잘 자라서 풍요로운 가지가 동상에 그늘을 드리우고 파란 모래까지 가지를 축축 늘어뜨렸다. 나뭇가지가 흔들리면 그림자가 보랏빛을 띠었다. 마치 나무뿌리와 나뭇가지 끝이 살아서 서로 어울려 놀면서 입을 맞추는 것 같았다.

막내 공주는 위쪽 인간 세상의 이야기를 가장 흥미롭게 들었다. 할머니를 졸라 배와 도시 그리고 사람들과 동물에 대해 이야기를 다 들었다. 가장 근사한 것은 땅 위의 꽃들이 향기롭다는 사실이었다. 바다 밑바닥의 꽃은 향기가 없었다. 숲이 푸르다는 게 멋진 것 같았다. 나뭇가지 사이로 보이는 '물고기'가 큰 소리로 달콤하게 노래를 부를 수 있어서 사람들이 즐겁게 들을 수 있다는 게 마음에 들었다. 할머니는 작은 새를 모두 '물고기'라고 불러야 했다. 그렇지 않으면 공주들이 새를 한 번도 본 적이 없었기에 무슨 말을 하고 있는 것인지 알지 못했기 때문이었다.

할머니가 말했다.

"너희 중 열다섯 살이 되는 사람은 바다에서 나가 달빛을 받으며 바위에 앉아 있어도 된단다. 지나가는 거대한 배를 지켜볼 수도 있어. 숲과 마을도 보게 될 거야."

다음 해 맏이가 열다섯 살이 된다. 하지만 다른 공주들, 그러니까 각자 동생들 보다 한 살씩 더 먹었으니 막내가 물에서 나가 세상이 어떤지 볼 때까지 5년을 기다려야 했다. 그래도 언니들은 각자 자기들이 본 것을, 그리고 첫날 가장 아름답게 찾아낸 것을 전부 다른 공주들에게 들려주기로 약속을 했다. 할머니는 반도 말하지 않았기에 공주들이 간절히 알고 싶은 게 무척이나 많았다.

가장 간절히 바라는 공주는 바로 무척이나 조용하고 생각에 잠긴 듯한 막내였다. 여러 날 밤 막내는 창문을 열고 서서 물고기들이 지느러미와 꼬리를 흔들어대는 검푸른 바다를 들여다보았다. 달과 별만 보일 뿐이었다. 확실히 달과 별빛은 꽤 흐릿했다. 하지만 물을 통해 보였기에, 우리한테 보이는 것보다 훨씬 크게 보였을 것이다. 구름 같은 그림자가 달과 별을 가로지를 때면 그것이 머리 위로 헤엄치는 고래라든가 많은 사람들을 싣고 가는 배라는 걸 알았다. 저들은 귀여운 어린 인어가 배 바로 아래에서 배를 향해 하얀 두 팔을 내밀고 있다는 걸 꿈도 꾸지 못했다.

맏이 공주가 열다섯 생일을 맞았다. 그래서 이제 물 밖으로 올라갈 수 있는 허락을 받았다. 맏이가 돌아왔을 때 동생들에게 들려줄 이야기가 백 가지나 되었다. 하지만 그중에서도 가장 놀라운 건, 바다가 잔잔할 때 달빛을 받으며 모래톱에 누워 있는 것이었다. 물가의 불빛 수백 개가 별처럼 반짝거리는 커다란 도시를 보고, 음악과 덜거덕거리는 마차와 사람들의 재잘거리는 소리를 듣고, 교회의 높은 첨탑을 보고, 울려 퍼지는 종소리를 들었다. 도시에 들어설 수 없었기에 그것이 가장 간절했다.

아, 막내 공주가 어찌나 열심히 귀를 기울이는지! 이윽고 공주는 밤에 창문을 열고 서서 검푸른 바다를 들여다볼 때마다 딸깍딸깍 떠들썩한 소리가 가득한 거리와 도시를 생각했다. 그러고는 이렇게 깊은 곳까지 교회 종소리가 들린다고 상상하기도 했다.

다음 해에는 둘째 공주가 물 위로 올라가서 어디든 헤엄을 쳐도 좋다는 허락을 받았다. 둘째는 해가 질 때 올라갔다. 일몰은 자신이 본 가장 놀라운 풍경이라고 말했다. 하늘은 황금빛인데, 구름으로 말할 것 같으면 그 아름다움을 묘사할 단어를 찾지 못했다. 붉게 출렁이면서 보랏빛으로 물들며 머리 위로 지나갔다. 흘러가는 구름보다 훨씬 빠른 백조가 무리 지어 갔다. 백조는 길고 하얀 장막처럼 바다 위로 흔적을 남기며 지는 해를 향해 날아갔다. 둘째 공주도 헤엄쳐 갔지만 해가 지자 그 장밋빛 불꽃도 바다와 하늘에서 전부 사라져 버렸다.

그다음 해에는 셋째 공주가 올라갔다. 가장 대담했기에 큰 바다로 흐르는 넓은 강으로 헤엄쳐 올라갔다. 화려한 초록의 언덕이 보였다. 성과 영주의 저택이 화려한 숲 사이로 언뜻 보였다. 새가 노래하는 소리가 들렸다. 해가 어찌나 밝게 빛나는지 얼굴이 타는 듯 뜨거워져 식히려 종종 물속으로 들어가야 했다. 작은 만에서 유한한 생명의 인간 어린이들이 물속에서 발가벗은 채로 물장구를 치고 있는 모습을 보았다. 아이들과 놀고 싶었지만 아이들은 겁을 집어먹고 달아나 버렸다. 이윽고 자그마한 검은 동물이 왔다. 개였다. 공주는 전에 개를 본 적이 없었다. 개가 셋째 공주를 보고 어찌나

사납게 짖어대는지 공주도 겁을 집어먹고 너른 바다로 달아났다. 그래도 그 화려한 숲, 초록 언덕, 비록 지느러미는 없어도 물속에서 헤엄칠 수 있는 예쁜 아이들을 결코 잊을 수가 없었다.

넷째 공주는 그렇게나 모험심은 없었다. 공주는 거친 파도 한가운데 멀리 머물렀었는데 멋진 곳이었다고 말했다. 주위 몇 마일을 볼 수 있고, 위 하늘은 거대한 둥근 유리 지붕 같았다. 공주는 배를 보았다. 하지만 너무 멀리 있었기에 갈매기처럼 보였다. 장난치기 좋아하는 돌고래는 공중제비를 하고 어마어마하게 큰 고래는 코로 물을 뿜어 댔다. 그래서 마치 수백 개의 분수가 주위에 있는 것 같았다.

이제 다섯째 공주 차례가 되었다. 공주의 생일은 겨울이었기에 다른 언니들이 본 것을 하나도 보지 못했다. 바다는 진 초록색이고 거대한 빙산이 여기저기 둥둥 떠다녔다. 공주는 빙산 하나, 하나가 진주처럼 빛났다고 말했다. 하지만 빙산은 인간이 지은 교회 첨탑보다 훨씬 높았다. 공주들은 가장 멋진 모양, 그리고 다이아몬드처럼 빛나는 것을 추측했다. 다섯째 공주는 커다란 빙산 위에 앉았는데, 항해사들은 공주가 긴 머리를 바람에 흩날리는 모습을 보자마자 겁을 집어먹고 부리나케 배를 몰아 지나쳐갔다.

늦은 저녁 구름이 하늘에 가득했다. 천둥이 치고 번개가 하늘을 쏜살같이 오갔다. 시커먼 파도가 거대한 산맥 같은 얼음을 높이 들어 올렸다. 번개가 내리치자 얼음이 번쩍번쩍 빛났다.

배들은 모두 돛을 내렸다. 공포와 초초함만 흘렀다. 하지만 공주는 거기 둥둥 떠다니는 빙산 위에 차분하게 앉아서 바다에 쩍쩍 내리치는 들쭉날쭉한 번개를 지켜보았다.

언니들은 각자 바다의 수면 위로 처음 올라갔을 때 그 사랑스러운 모습이 새로웠었다. 하지만 어른이 되어 자신이 원하는 곳은 어디든 갈 수 있게 되자 그곳에 흥미를 잃었다. 어디를 가든 한 달이 지나면 향수병에 걸려서는 바다 밑과 같은 곳이 없다고, 집이 무척이나 편안하다고 말했다.

여러 날 저녁 언니들은 물 위로 올라가 다섯이 한 줄로 서로 팔짱을 끼고 섰다. 다들 유한한 인간보다도 훨씬 더 목소리가 아름다웠다. 폭풍이 불자 공주들은 조난 사고가 있으리라 예상하고 배 앞으로 헤엄쳐 가서 바다 밑이 얼마나 아름다운지, 선원들에게 전해져 내려온 편견을 깨기 위해 유혹적으로 노래를 불렀다. 하지만 사람들은 그 노래를 이해하지 못하고 폭풍 소리로 착각했다. 저들은 영광스러운 깊은 바다를 보지 못했다. 배가 가라앉았을 때 사람들은 익사해서 바다 왕의 성에 죽은 인간으로 도착했다. 그날 저녁 인어들은 이처럼 팔짱을 끼고 물 위로 올라왔을 때 막내는 뒤에 혼자 남아 그 죽은 사람들을 돌보며 눈물을 흘리고 싶어 했다. 하지만 인어들은 눈물을 흘리지 않았다. 그래서 훨씬 더 고통스러웠다.

막내가 말했다.

“내가 열다섯이 되면 좋겠어! 저기 위 세상, 그리고 저기에 사는 사람들을 모두 무척 좋아하게 될 것 같아.”

마침내 막내도 열다섯 살에 이르렀다.

노부인 여왕, 할머니가 말했다.

"이제 너를 보내주마."

할머니는 어린 공주의 머리카락에 하얀 백합 화관을 씌워 주었는데 꽃잎은 진주를 반으로 잘라 만든 것이었다. 그리고 이 노부인은 막내 공주의 꼬리 지느러미에 높은 지위의 표시로 큼지막한 굴 여덟 개를 달라고 했다.

"하지만 그거 아프단 말이에요!"

막내 공주가 소리쳤다.

"치장을 하려면 많이 참아야지."

할머니가 막내 공주에게 말했다.

아, 이런 장식을 전부 다 털어내고 번거로운 화관을 포기하면 얼마나 좋을까! 꽃밭의 붉은 꽃은 공주에게 훨씬 더 잘 어울렸다. 하지만 굳이 바꾸지는 않았다.

"안녕."

막내 공주는 그렇게 인사하고는 바다를 헤치고 거품처럼 빛을 내며 가볍게 위로 올라갔다. 수면 위로 머리를 내밀었을 때 태양이 막 사라졌다. 하지만 구름은 여전히 황금과 장미처럼 빛나고, 섬세하게 물든 하늘에는 저녁별이 투명하게 빛났다. 공기는 온화하고 신선하며 바다는 잔잔했다. 돛이 세 개 달린 거대한 배가 눈에 들어왔다. 바람이 부드럽게 불어와 돛을 하나만 폈다. 선원들은 삭구 안이나 활대에 기대어 빈둥거렸다. 배에서는 음악과 노래가 흘러나왔다. 밤이 내리자 선원들은 엄청나게 밝은 수백 개의 불을 밝혔는데 누군가는 만국기가 허공에 흔들리고 있다고 생각했을 것이다.

사랑스러운 인어 공주는 가장 큰 선실 창문까지 바짝 헤엄쳐 갔다. 몸이 바닷물 위로 출렁일 때마다 유리 창문으로 그 안에 화려하게 차려입은 사람들 무리를 들여다볼 수 있었다. 그중에서 가장 눈에 띄는 사람은 커다란 검은색 눈동자의 젊은 왕자였다. 열여섯 살 정도 되어 보였다. 왕자의 생일이었기에 축하를 하는 자리였다. 갑판 위 선원들이 춤을 추는데 왕자가 선원 사이로 나타나자 백 개가 넘는 불꽃이 허공으로 날아올라 대낮처럼 밝게 비추었다. 불꽃에 공주는 몹시도 놀라서 물속으로 얼른 몸을 숨겼다. 하지만 곧 다시 빼꼼 올려다보았다. 하늘의 별들이 모두 공주에게 떨어지는 듯했다. 저런 불꽃을 본 적이 없었다. 큰 해가 여러 개 빙글 돌고, 화려한 불꽃-물고기가 파란 하늘을 둥둥 떠다녔다. 이런 것들은 모두 크리스털 같은 투명한 바다에 거울처럼 비추었다. 어찌나 밝은지 배의 작은 밧줄도 다 볼 수 있고 사람들도 선명하게 보였다. 아, 젊은 왕자는 어찌나 잘생겼는지! 왕자가 웃었다. 미소 지으며 사람들과 악수를 나누고 그 사이 음악은 완벽한 저녁 속으로 울려 퍼졌다.

시간이 꽤 늦었지만, 사랑스러운 인어 공주는 배하고 그 잘생긴 왕자한테서 눈을 뗄 수가 없었다. 알록달록 밝게 빛나는 초롱불이 꺼지고 불꽃도 하늘을 날아다니지 않고 폭죽도 더 이상 터지지 않았다. 하지만 바닷속 깊은 곳에서 우르르 쾅쾅 소리가 들려왔다. 물살이 계속 인어를 높이 튀어 올라가게 해서 인어는 그 선실 안을 들여다볼 수 있었다.

이제 배는 나아가기 시작했다. 바람 속에 돛이 하나, 둘 활짝 펴지고 파도가 높이 솟고 거대한 구름이 모여들며 번개가 멀리서 번쩍거렸다. 아, 배는 끔찍한 폭풍을 만났다. 뱃사람들은 서둘러 돛을 내렸다. 높다란 배가 성난 바다를 헤치며 속도를 내자 이 커다란 배는 튀어 올랐다가 뒹굴었다. 파도는 마치 돛을 부서뜨릴 듯 시커먼 산처럼 높이 일었다. 하지만 배는 백조처럼 거대한 파도 사이로 떨어져 내렸다가 다시 높이 솟아올랐다. 인어 공주에게는 이것이 썩 괜찮은 놀이처럼 보였지만, 선원들에게는 전혀 그렇지 못했다. 배는 와지끈 갈라지고, 굵은 나무가 쿵 하고 떨어져 내렸다. 파도가 배를 내리쳐 돛이 갈대처럼 두 개로 부서졌다. 배는 옆으로 기울어 물이 짐칸까지 쳐들어왔다.

이제 인어 공주는 사람들이 위험에 빠진 것을 알았다. 자신도 바다에 이리저리 떠다니는 나무와 판자를 피해야 했다. 한순간 어두워져서 공주는 아무것도 볼 수가 없었다. 다음 순간 번개가 무척이나 환하게 내리쳐서 배 위의 모두를 구별할 수가 있었다. 모두가 최선을 다해 살 궁리를 했다. 공주는 그 젊은 왕자를 찾아서 가까이 가 지켜보았다. 배가 두 동강 나 왕자가 바닷속으로 가라앉는 모습이 보였다. 처음 공주는 왕자가 자신과 같이 있어서 너무 기뻤다. 그러다 문득 인간은 물속에서 살 수 없으며 아버지의 성에 죽은 시체로 도착할 것이라는 사실이 떠올랐다. 안 돼! 이 남자는 죽으면 안 된다! 그래서 공주는 둥둥 떠다니는 나무판자 기둥이 자신에게 부딪칠지도 모른다는 것을 깡그리 잊고 그 사이로 헤엄쳐 갔다. 파도 속으로 들어가 물마루를 타면서 마침내 그 젊은 왕자에게 다가갔다. 왕자는 그 성난 바다에서 더 이상 헤엄칠 수 없었다. 팔다리에 기운이 빠지고 아름다운 눈동자는 굳게 닫혀서 공주가 도와주러 오지 않았다면 죽었을 것이다. 공주는 물 밖으로 왕자의 머리를 올리고는 파도가 가는 곳으로 몸을 맡겼다.

날이 밝자 폭풍은 잦아들고 배의 흔적은 눈에 보이지도 않았다. 태양이 수면 위로 붉고 환하게 솟아오르며 왕자의 뺨에 생기를 불어넣었다. 그래도 왕자는 여전히 눈을 감고 있었다. 공주는 반듯한 왕자의 이마에 입을 맞추었다. 젖은 머리카락을 뒤로 쓸어 넘기자 공주에게는 자신의 작은 꽃밭에 있는 그 대리석 동상처럼 보였다. 공주는 왕자에게 다시 입을 맞추고는 살아나기를 바랐다.

저 앞에 푸르른 산이 솟아난 육지가 보였다. 마치 백조 떼가 그곳에서 쉬고 있는 것처럼 꼭대기에 눈이 하얗게 빛났다. 바닷가 아래 화려한 초록의 숲이 있고 한가운데 성당인지, 수도원인지 공주가 알 수 없는 어쨌거나 건물이 한 채 있었다. 오렌지 나무와 레몬 나무가 마당에서 자라고 높다란 야자수들이 문 옆에 즐비했다. 여기 바다는 작은 항구를 이루고 퍽 조용하고 매우 깊었다. 고운 하얀 모래가 절벽 아래로 쓸려 내려왔다. 공주는 그 잘생긴 왕자를 데리고 그곳으로 헤엄쳐가서 모래밭에 왕자를 눕히고 따뜻한 햇살을 받게 머리를 높이 괴어주고는 지극정성으로 돌보았다.

하얀색 커다란 건물에서 종이 울리기 시작하자 한 무리의 젊은 여인들이 정원으로 쏟아져 나왔다. 공주는 물 밖으로 삐죽 튀어나온 커다란 바위 뒤에 몸을 숨겼다. 거품으로 머리카락과 어깨를 가렸기에 누구도 공주의 얼굴을 볼 수 없었다. 그러고는 누가 이 가엾은 왕자를 찾아내는지 지켜보았다.

잠시 뒤, 한 젊은 여인이 왕자에게 왔다. 여자는 아주 잠깐 동안 놀란 것 같았다. 이윽고 더 많은 사람들을 불렀다. 인어는 왕자가 의식을 되찾는 것을, 주위의 모두를 향해 웃음 짓는 것을 지켜보았다. 하지만 공주에게는 웃어 보이지 않았다. 왕자는 인어 공주가 자신을 구했다는 사실을 알지도 못했기 때문이다. 공주는 몹시 속이 상했다. 사람들이 왕자를 그 커다란 건물로 이끌 때는 슬픈 마음으로 물속으로 뛰어 들어가 아버지의 성으로 돌아갔다.

공주는 언제나 조용하고 생각이 깊었다. 하지만 지금 훨씬 더 말이 없이 생각에 잠겼다. 언니들은 물 위로 처음 올라가서 무엇을 보았느냐고 물었지만 막내 공주는 조금도 말하려 들지 않았다.

여러 날 저녁 그리고 여러 날 아침, 공주는 그 왕자를 떠나보냈던 곳에 다시 가보았다. 정원에 잘 익어 추수를 마친 과일을 보고 높은 산에 눈이 녹는 것도 보았지만 그 왕자는 보지 못했다. 그래서 집으로 돌아올 때는 떠날 때보다 더 마음이 슬펐다. 그 작은 정원에 앉아서 왕자처럼 보이는 그 아름다운 대리석 동상을 감싸 안는 것이 공주에게는 하나의 위안이었다. 하지만 이제 꽃을 돌보지 않았다. 꽃은 함부로 길까지 뻗어가서 그곳은 황무지가 되었다. 기다란 줄기와 나뭇잎은 나뭇가지에 마구 엉켜서 우울한 그림자를 던졌다.

공주는 더 이상 견딜 수가 없었다. 자신의 비밀을 언니 하나에게 들려주었다. 즉시 다른 언니들 모두 그 이야기를 알게 되었다. 몇몇 인어들도 알게 되었다. 그중 한 인어가 그 왕자가 누구인지 알았다. 이 친구도 배 위에서 왕자의 축하 파티를 보았다. 그 남자가 어디에서 왔으며 어디 왕궁에 사는지도 알았다.

언니 공주들이 말했다.

"어서, 막내야!"

서로 팔짱을 끼고 길게 한 줄로 서서 물 위로 올라가서 왕자의 성이 있다는 곳 바로 앞으로 갔다. 거대한 대리석 계단에 반짝반짝 빛나는 황금색 돌로 지은 성이었는데, 계단 하나는 아래 바다로 이어졌다. 금박을 입힌 거대한 돔이 지붕 위에 솟아있고 건물 주위 기둥 사이로 실물과 똑같아 보이는 대리석 동상이 있었다. 높은 창문의 투명한 유리로 값비싼 비단 걸개와 태피스트리가 있는 화려한 홀이 들여다보였는데 그림으로 뒤덮인 벽은 보기에 무척 근사했다. 메인 홀 한가운데 커다란 분수가 유리 돔 지붕까지 물을 뿜고 햇빛이 분수대의 물과 커다란 수반에서 자라는 사랑스러운 식물을 비추었다.

이제 인어 공주는 왕자가 어디에 사는지 알았기에 여러 날 저녁, 여러 날 밤 그곳 바다에서 시간을 보냈다. 언니들보다 훨씬 더 바짝 과감하게 헤엄쳐갔다. 심지어 화려한 대리석 발코니가 바다에 길게 그림자를 드리우는 좁은 시내까지 올라갔다. 여기에 앉아서 그 왕자를 지켜보았다. 왕자는 달빛 속에서 자기 혼자 있다고 생각을 했다.

여러 날 저녁, 왕자가 음악이 흐리고 깃발이 휼날리는 멋진 배를 타고 나가는 모습을 공주는 보았다. 공주는 덤불 사이로 몰래 내다보았다. 바람이 불어 공주의 은빛 꼬리 위로 불면 꼭 백조 한 마리가 날개를 펼친 것처럼 보였다.

여러 날 밤, 낚시꾼들이 횃불을 들고 바다로 나가는 모습을 보았다. 낚시꾼들이 왕자가 얼마나 착한지 말하는 것도 들었다. 그 말을 들으니 왕자가 물에 빠져 죽을 뻔했을 때 목숨을 구해준 사람이 자신이란 걸 생각하며 자랑스러운 마음이 들었다. 자신의 가슴에 기댔던 왕자의 머리가 얼마나 부드러웠는지, 왕자에게 입을 맞추었을 때 얼마나 감미로웠는지 떠올렸다. 하지만 왕자는 이것을 전혀 알지 못했다. 상상조차 하지 못했다.

날이 갈수록 인어 공주는 인간이 좋아졌다. 그리고 점점 더 인간들과 더불어 살고 싶은 마음이 간절했다. 인간 세상은 인어 세상보다 더 넓은 것 같았다. 인간들은 배를 타고 바다 위를 다닐 수도 있고 구름 위 높은 산을 오를 수도 있었다. 인어 공주는 알고 싶은 게 너무 많았다. 언니들은 막내가 궁금해하는 것들에 전부 다 대답을 해주지 못했다. 그래서 '물 위 세상'에 대해서 잘 아는 할머니를 찾아갔다. '물 위 세상'은 할머니가 바다 위에 있는 나라에 붙인 이름이었다.

인어 공주가 물었다.

"인간은 물에 빠져 죽지 않으면 영원히 사나요? 우리가 여기 아래 바다에서 죽는 것처럼 인간들은 죽지 않나요?"

노부인 여왕이 대답했다.

"죽지. 인간들도 죽어. 인간의 수명은 우리보다 훨씬 짧아. 우리는 삼백 살까지 살 수 있어. 하지만 우리가 수명을 다할 때 우리는 그저 바다의 거품으로 변해. 그래서 사랑하는 사람들 사이, 여기 아래 무덤이 없어. 우리는 불멸의 영혼이 없거든. 죽음 이후의 삶이 없단다. 우리는 초록 바다풀과 같아. 일단 잘리고 나면 결코 다시 자라지 않아. 반대로 인간에게는 영원히 사는 영혼이 있단다. 육체가 흙으로 변하고 난 다음에도 오랫동안 이어지는……. 영혼은 희박한 공기를 타고 저 위 반짝이는 별로 올라가지. 우리가 육지를 보기 위해 물을 헤치고 올라가는 것처럼, 인간들은 미지의 아름다운 곳으로 올라간단다. 우리에게는 결코 보이지 않는 곳으로……."

인어 공주는 애석해 하며 물었다.

"왜 우리는 불멸의 영혼을 받지 못했어요? 단 하루라도 인간이 될 수 있다면, 나중에 그 천사의 왕국에서 함께 할 수 있다면, 내 삼백 년을 기꺼이 포기할 거예요."

할머니가 말했다.

"그렇게 생각하면 안 돼. 우리는 저기 위 사람들 보다 훨씬 더 행복하게 지내고 훨씬 더 잘 살고 있어."

"그러면 나도 죽어서 바다의 거품처럼 둥둥 떠다녀야 해요. 음악과 같은 파도를 듣지 못하고, 아름다운 꽃, 붉은 태양을 보지 못하고요! 불멸의 영혼을 얻기 위해서 내가 할 수 있는 게 아무것도 없어요?"

할머니가 대답했다.

"없어. 인간이 너를 무척 사랑해서 그 사람에게 네가 부모보다 더 큰 의미라면, 그 남자의 모든 생각과 심장이 모두 너와 하나가 되어서 사제가 그 사람의 오른손과 네 손을 맞잡게 하고 충직과 영원을 약속하게 한다면, 그러면 그 사람의 영혼이 네 몸으로 스며들어 갈 거야. 그러면 너는 인간의 행복을 함께할 거야. 그 사람은 너에게 영혼을 주어도 자기 것은 간직하지. 하지만 그런 일은 결코 쉽게 이루어지지 않아. 여기 바다에서 그렇게나 아름다운 네 지느러미를 땅에서는 흉측하다고 여긴단다. 그곳 취향은 어설퍼서 너한테는 사람들이 다리라고 부르는 어색한 소품이 있어야 돼."

인어 공주는 한숨을 푹 내쉬며 자기 지느러미를 불만스레 쳐다보았다.

할머니가 말했다.

"어서, 우리 기운 내자. 우리가 살 삼백 년 내내 펄펄 뛰어다니자. 확실히 그걸 함께 나누는 게 중요하지. 그러고 나서 나중에 평화롭게 쉬게 될 거란다. 우리는 오늘 저녁에 궁중 무도회를 열 거란다."

무도회는 땅 위에서 볼 수 있는 여느 무도회보다 훨씬 더 화려한 행사였다. 거대한 연회장의 벽과 천정은 큼지막한 투명 유리로 만들었다. 장미처럼 붉고, 짙은 풀빛 거대한 조개 수백 개가 파란 불꽃을 품고 한 줄로 양옆에 나란히 서서 무도회장 전체와 벽을 아주 선명하게 비추어서 바닷속이 꽤나 밝았다. 셀 수 없이 많은 크고 작은 물고기가 그 유리벽을 향해 헤엄치는 게 보였다. 몇몇 물고기의 비늘은 붉은 보랏빛으로, 또 다른 물고기는 은빛과 금빛으로 빛났다. 무도회장 바닥으로 거대한 물줄기가 흘렀다. 그 위로 인어들이 매혹적인 노래에 맞추어 춤을 추었다. 그렇게나 아름다운 목소리는 땅에 사는 사람들 사이에서는 들리지 않았다. 막내 공주는 다른 누구보다 감미롭게 노래를 불러서 모두가 감탄해 마지않았다. 한순간 막내 공주는 자신의 목소리가 바다에서든 땅에서든 누구보다 사랑스러웠기에 행복했다. 하지만 곧 저 위 세상에 대한 생각으로 흘러갔다. 그 매력적인 왕자, 그리고 왕자처럼 불멸의 영혼이 없다는 슬픔을 잊을 수가 없었다. 그리하여 모두가 즐겁게 노래하고 있는 아버지의 성을 몰래 빠져나와 자신의 그 작은 꽃밭에 처량하게 앉았다.

문득 바다를 통해 나팔소리가 들려왔다. 공주는 생각했다.

'저건 분명 왕자가 배를 타고 나간다는 뜻이야. 내가 우리 아버지나 어머니 보다 더 사랑하는 왕자, 내가 오매불망 생각하는 왕자, 내 평생의 행복을 기꺼이 맡기고 싶은 사람. 그 사람을 얻기 위해서라면, 불멸의 영혼을 얻기 위해서라면 난 뭐든 하겠어. 언니들이 여기 아빠의 성에서 춤을 추고 있는 사이, 지금까지 내내 무척 두려워만 했던 바다 마녀를 찾아가겠어. 어쩌면 마녀가 내게 무슨 조언을 해주며 도와줄 거야.'

인어 공주는 꽃밭에서 나와 마녀의 집 근처, 으르렁거리는 소용돌이를 향했다. 한 번도 그 길을 가본 적이 없었다. 그곳에는 꽃도, 바다풀도 자라지 않았다. 황량한 잿빛 모래가 소용돌이까지 쭉 펼쳐졌는데, 그 소용돌이는 물레방아 바퀴처럼 빙그르르 돌면서 바다 밑바닥에 닿는 것은 뭐든 낚아챘다. 마녀의 집으로 가려면 이런 소용돌이를 뚫고 가야 했다. 그러고 나서 펄펄 끓는 꽤 길게 이어진 진창길이 있었다. 마녀는 그것을 석탄 습지라고 불렀다. 거기 너머 마녀의 집은 기괴한 숲 한가운데 있었는데, 나무와 관목은 전부 다 반은 동물이고 반은 식물인 폴립(히드라·산호류 같은 원통형 해양 고착 생물)이었다. 폴립은 마치 땅속에서 자라는 머리 백 개 달린 뱀처럼 보였다. 나뭇가지는 모두 길고 끈적끈적한 팔인데, 꾸물꾸물 기어 다니는 지렁이 손가락이 달렸다. 폴립은 몸마디, 마디를 꼼지락거리며 뿌리에서 밖으로 뻗은 촉수로 잡히는 건 뭐든 꽉 움켜잡고는 절대 보내주지 않았다. 인어 공주는 잔뜩 겁을 집어먹고 숲 끝자락에서 멈추었다. 두려움에 심장이 쿵쾅거려서 거의 되돌아갈 뻔했지만 왕자와 인간들이 갖고 있는 영혼을 떠올리고 용기를 그러모았다. 폴립한테 잡히지 않게 긴 머리채를 묶고 두 팔을 앞으로 모으고는, 공주를 움켜잡으려고 안달이 나서 팔과 손가락을 마구 뻗어대는 그 끈적끈적한 폴립 사이를 물고기처럼 잽싸게 빠져나갔다. 손아귀마다 수백 개의 촉수에 뭔가를 잡고 있었는데, 튼튼한 쇠고리에 매달린 것처럼 보였다. 바다에 빠져 이렇게 깊은 곳까지 가라앉은 죽은 인간의 허연 뼈가 폴립의 팔에 있었다. 배의 부품, 어부들의 궤짝, 육지 동물의 해골도 저 손아귀로 떨어져 내렸지만 가장 으스스한 풍경은 무엇보다도 붙잡혀 목이 졸린 어린 인어였다.

공주는 숲속 진흙투성이 넓은 빈터에 도착하니, 살집 좋은 굵은 물뱀들이 미끄러지듯 스르르 나아가며 역겨운 누런 뱃가죽을 드러냈다. 빈터 한가운데 난파된 인간의 뼈다귀로 지은 집이 한 채 있었다. 그리고 거기의 바다 마녀가 앉아서 우리가 카나리아 새에게 설탕을 먹이듯 두꺼비 한 마리를 시켜 자기 입에서 나오는 것을 먹으라고 시켰다. 마녀는 그 흉측한 물뱀들을 '아기'라고 부르면서 스펀지 같은 자신의 가슴을 이러 저리 기어 다니게 했다.

마녀가 말했다.

"네가 원하는 게 뭔지 알지. 너 아주 어리석구나. 하지만 네 뜻대로 그대로 될 거야. 자랑스러운 공주, 넌 슬픔도 얻게 될 거다. 너는 지느러미 꼬리를 없애고 그 대신에 그 물건 두 개를 갖고 싶어 하는구나. 그 젊은 왕자가 너와 사랑에 빠져서 그 사람과 더불어 불멸의 영혼을 얻고 싶어 해."

여기에서 마녀는 어찌나 깔깔대며 웃어대는지 두꺼비랑 뱀들이 바닥으로 떨어져 내려 온몸을 비틀어댔다.

마녀가 이어 말했다.

"제때에 잘 왔어. 태양이 내일 떠오르고 나면 난 일 년 내내 너를 도와줄 수가 없거든. 내가 한 번 먹을 약을 만들어 주지. 해가 뜨기 전에 그걸 가지고 물가로 헤엄쳐 가야 해. 마른 땅에 앉아서 그걸 다 마셔. 그러면 네 꼬리가 둘러 갈라지면서 쪼그라들 거야. 예리한 칼로 찍찍 찔러대는 느낌이 들 거야. 만나는 사람은 누구든, 지금껏 본 가장 아름다운 인간이라고 말할 거란다. 사뿐히 걷는 네 발 걸음은 어느 무용수도 따라올 수가 없거든. 하지만 네가 발걸음을 움직일 때마다 너는 칼날 위를 걷는 것처럼 피가 철철 흐르는 느낌이 들 거야. 기꺼이 너를 도와주지. 그런데 이 모든 걸 감당할 수 있겠어?"

"그럼요."

공주는 왕자와 인간의 영혼을 얻는다는 생각을 하면서 떨리는 목소리로 대답했다.

마녀가 말했다.

"기억해! 일단 인간의 모습이 되면 넌 다시는 인어로 되돌아올 수 없어. 네 언니들, 네 아버지의 성으로 바다를 헤엄쳐 절대 돌아올 수 없다고. 그리고 네가 왕자의 사랑을 완벽하게 얻지 못한다면, 그러니까 자기 부모를 깡그리 잊고 머리와 심장으로 오로지 너만을 생각하지 못한다면, 사제가 결혼식에서 너의 손을 잡지 못한다면, 그러면 너는 불멸의 영혼을 얻지 못해. 만약에 왕자가 다른 사람과 결혼을 하게 되면 네 심장은 다음 날 아침 산산 조각이 나고 바다의 물거품이 되고 말 거야."

"감수하겠어요."

공주가 말했다. 하지만 얼굴은 죽은 듯 창백했다.

"게다가 넌 내게 값을 지불해야 돼. 난 하찮은 걸 달라고는 하지 않지. 너는 여기 바다 아래에서 누구보다 목소리가 아름다워. 그 목소리로 분명 그 왕자를 사로잡고 싶을 거야. 하지만 넌 그 목소리를 나한테 주어야 해. 네가 가진 바로 그걸 내가 가져갈 거야. 내 값비싼 약을 주는 대가로 말이야. 난 거기에 내 피를 흘려야 해, 아주 잘 듣는 약을 만들려면……."

"하지만 내 목소리를 가져가면, 나한테 뭐가 남지요?"

"네 아름다운 모습. 미끄러질 듯 걷는 발걸음, 초롱초롱한 눈동자. 이런 것들로 넌 왕자의 마음을 쉽사리 사로잡을 거야. 흠, 용기가 사라졌나? 혀를 쑥 내밀어. 그러면 내가 싹둑 잘라낼 테니까. 난 내 대가를 갖고 너는 잘 듣는 약을 갖게 될 거야."

"어서 해요."

마녀는 불 위에 가마솥을 걸고 약을 끓였다.

"깨끗한 게 좋지."

마녀는 그렇게 말하며 뱀을 둘둘 말아서 그것으로 단지를 쓱쓱 문질렀다. 그러고는 가슴을 쿡 찔러서 시커먼 피를 그 가마솥 안에 후드득 떨어뜨렸다. 그 안에서 연기가 으스스하게 피어올라서 그 모습만으로도 공포로 얼어붙을 것 같았다. 마녀는 끊임없이 새로운 재료를 가마솥에 던져 넣었다. 곧 악어가 눈물을 흘리는 듯한 소리를 내며 가마솥이 서서히 끓기 시작했다. 마침내 약이 완성되었다. 약은 깨끗한 물처럼 투명해 보였다.

"네 약이야."

마녀는 인어 공주의 혀를 잘랐다. 공주는 더 이상 말을 할 수 없었다. 노래도, 이야기도 할 수 없었다.

마녀가 말했다.

"네가 내 숲을 돌아나갈 때 폴립들이 너한테 덤벼들 거야. 이걸 녀석들한테 한 방울만 떨어뜨려. 그러면 촉수가 수천 갈래로 갈라질 테니까."

하지만 그럴 필요가 없었다. 폴립들은 그 약을 보자마자 놀라서 몸을 말았다. 약은 빛나는 별처럼 공주의 손에서 빛을 냈다. 그래서 공주는 금세 그 숲, 습지, 그리고 으르렁대는 소용돌이를 빠져나갔다.

아버지의 성이 보였다. 연회장의 불은 이미 꺼졌다. 분명 성에 있는 모두가 잠이 든 게 틀림없었다. 하지만 공주는 차마 근처에 가지 못했다. 이제 말을 할 수 없게 된 채 영원히 고향을 떠나갈 것이다. 심장이 슬픔으로 부서질 것 같았다. 살금살금 꽃밭에 가서 언니들의 꽃을 하나씩 따서 성을 향해 수없이 입맞춤을 보냈다. 이윽고 검푸른 바다를 헤치고 위로 올라갔다.

왕자의 성에 도착했을 때 태양은 아직 떠오르지 않았다. 그 화려한 대리석 계단을 올라갈 때 달이 환하게 비추고 있었다. 공주는 그 쓰디쓴 약을 꿀꺽 삼켰다. 약은 양날의 칼처럼 가녀린 몸을 내리치는 것 같았다. 공주는 정신을 잃고 죽은 듯이 그곳에 쓰러졌다. 태양이 바다 위에 떠오르자 찌를 듯한 고통을 느끼며 깨어났다. 하지만 공주 바로 앞에 그 잘생긴 왕자가 칠흑 같은 눈동자로 공주를 내려다보고 있었다. 공주는 고개를 숙여 꼬리가 사라진 것을 보았다. 젊은 연인들이 바라는 사랑스러운 하얀 다리가 달려 있었다. 하지만 발가벗은 채였기에, 자신의 긴 머리로 몸을 감쌌다.

왕자는 누구냐고, 이곳에 어찌하여 왔냐고 물었다. 공주는 말을 할 수 없었기에 그 짙은 파란 눈동자로 부드럽지만 몹시 슬프게 왕자를 쳐다보았다. 문득 왕자는 공주의 손을 잡고 성 안으로 이끌어 주었다. 발걸음을 옮길 때마다 면도날 그리고 예리한 칼끝을 걷는 것 같았다. 마녀가 미리 알려준 그대로였다. 하지만 공주는 기꺼이 참아냈다. 왕자 옆을 걸으면서 거품처럼 가볍게 움직였다. 왕자와 공주를 본 모두가 그 우아하게 걷는 모습에 놀라워했다.

일단 성에서 내준 실크와 모슬린 의상을 입자 공주는 이 성에서 가장 아름다웠다. 하지만 공주는 말을 할 수도 노래를 부를 수도 없었다. 실크와 황금빛 옷을 입은 아름다운 여자 무희들이 와서 왕자와 왕자의 부모님 앞에서 노래를 불렀다. 그중 하나가 누구보다 노래를 잘 부르자 왕자는 그 여자를 향해 웃으며 손뼉을 쳤다. 공주는 몹시도 슬펐다. 자신이 훨씬 더 아름답게 부르곤 했다는 걸 알기 때문이었다.

공주는 생각했다.

'당신과 함께 있기 위해서 내 목소리와 영원히 헤어졌다는 것을 당신이 안다면…….'

우아한 무희들이 이제 가장 아름다운 음악에 맞추어 춤을 추기 시작했다. 문득 공주는 하얀 팔을 들고는 발끝으로 일어서 앞으로 걸어 나갔다. 누구도 그렇게나 춤을 잘 주지는 못했다. 발걸음을 움직일 때마다 더 아름답게 춤추며 그 어떤 무희보다 눈으로 가슴을 향해 깊이 말했다.

모두가 공주에게 넋을 잃고 말았다. 특히 왕자가 그랬다. 왕자는 공주를 '길에서 찾은 사랑스러운 여인'이라고 불렀다. 공주는 몇 번이고 다시 춤을 추었다. 하지만 바닥에 발이 닿을 때마다 예리한 쇠붙이 위를 걷는 것만 같았다. 왕자는 언제나 공주를 곁에 두겠다고 말했다. 그러면서 문밖에서 자도 좋다면서 벨벳 이불을 내주었다.

왕자는 공주에게 시종의 옷을 만들어 주어서 공주는 말을 타고 왕자와 함께 나갈 수 있었다. 둘은 향기로운 숲을 달리곤 했다. 초록 가지가 인어 공주의 어깨를 스치고, 작은 새들이 나풀거리는 나뭇잎 사이로 노래를 불렀다.

공주는 왕자와 함께 높은 산으로 올라갔다. 그 부드러운 발에서는 눈에 띄게 피가 흘렀지만 그저 웃으며 왕자를 따라 올라가서 구름이 새무리처럼 저 먼 땅으로 내려가는 모습을 내려다보았다.

왕자의 궁전에서 모두가 밤에 잠들었을 때 공주는 그 넓은 대리석 계단을 내려가 차가운 바닷물에 불에 덴 것 같은 발을 식혔다. 그러고 나서 바다 아래 사는 이들을 떠올렸다. 어느 날 밤, 언니들이 팔짱을 끼고 바다에 올라와 슬프게 노래를 부르고 있었다. 공주가 언니들을 향해 손을 흔들자, 언니들이 알아보고는 공주가 모두를 무척이나 슬프게 했다고 말했다. 그 이후, 언니들은 매일 밤 보러 왔다. 한 번은 멀리, 멀리 바다에서 할머니를 보았다. 할머니는 최근 오랫동안 물 위에 올라온 적이 없었다. 거기 왕관을 쓴 바다의 왕도 함께 있었다. 둘은 공주를 향해 손을 뻗었다. 하지만 언니들만큼 육지로 가까이 다가오지는 않았다.

날이 갈수록 공주는 왕자를 더 깊이 사랑했다. 왕자는 어린아이를 아끼듯이 공주를 좋아했지만 왕비로 삼을 생각은 전혀 하지 않았다. 하지만 공주는 왕자의 아내가 되어야 했다. 그렇지 않으면 결코 불멸의 영혼을 가질 수 없을 것이며 왕자의 결혼식 다음 날 아침 바다의 물거품이 될 것이다.

인어 공주의 눈은 왕자에게 이렇게 묻는 것 같았다.

'나를 누구보다 사랑하지 않나요?'

그러면 왕자는 인어 공주의 두 손을 잡고 사랑스러운 이마에 입을 맞추어 주었다.

"물론이지. 너는 내게 무척이나 사랑스러워. 너는 누구보다 마음이 착하니까. 게다가 다른 누구보다 더 나를 사랑하지. 넌 언젠가 내가 한 번 보았던 그러나 결코 찾을 수 없는 어린 소녀를 무척이나 닮았어. 난 난파된 배에 있었어. 파도가 한 수도원으로 나를 쓸어갔지. 거기에 젊은 여인들 여럿이 의식을 치르고 있었어. 가장 어린 소녀가 바닷가에서 나를 찾아서 내 목숨을 구해주었지. 하지만 난 그 소녀를 두 번 다시 보지 못했어. 그 소녀는 내가 사랑할 수 있는 이 세상의 유일한 여인이야. 그래도 네가 그 소녀와 많이 닮았기에 내 마음속에서 그 여인의 추억을 대신해 주지. 그 여인은 수도원에서 살아. 다행스럽게도 너를 얻었지. 우리는 결코 헤어지지 않을 거야."

인어 공주는 생각했다.

'아, 왕자는 목숨을 구해준 사람이 나라는 사실을 모르는구나. 내가 바다에서 그 수도원 정원으로 왕자를 데리고 갔는데. 나는 물거품 뒤에 숨어서 누가 오는지 지켜보았어. 왕자가 나보다 더 사랑한다는 그 여자를 보았어.'

한숨만이 공주가 깊은 슬픔을 드러내는 방법이었다. 인어들은 울 수가 없으니 말이다.

'그 여인이 그 수도원에 산다고 왕자가 말했지. 이 세상으로 결코 나오지 않을 거야. 다시는 서로 만나지 않겠지. 나야말로 왕자를 좋아하고, 사랑하며 왕자를 위해 목숨을 전부 줄 수 있어.'

이제 왕자가 이웃 왕의 아름다운 딸과 결혼할 것이라는 소문이 돌기 시작했다. 이 때문에 근사한 배가 항해에 나설 준비를 했다. 왕자가 이웃 왕국을 향하는 이유는 왕의 딸을 보기 위한 것으로, 듬직한 수행원들과 함께 떠난다고 했다. 인어 공주는 고개를 저으며 미소 지었다. 왕자의 생각을 누구보다 훨씬 더 잘 알았기 때문이다.

왕자가 공주에게 말했다.

"여행을 떠나야 해. 아름다운 공주를 보러 가야 하거든. 부모님의 바람이야. 하지만 신부가 내 뜻과 다르다면 난 공주를 집으로 데려오지 않을 거야. 그리고 난 절대 그 공주를 사랑할 수 없어. 공주는 수도원에 있는 그 사랑스러운 여인을 너만큼 닮지 않았을 테니까. 내가 신부를 선택한다면, 너를 선택할 거야. 말 못 하는 '길에서 찾은 사랑스러운 여인'아."

그러고는 인어 공주에게 입을 맞추고 기다란 머리카락을 쓰다듬으며 공주의 가슴에 머리를 기댔다. 공주는 인간의 행복과 불멸의 영혼을 꿈꾸었다.

이웃 왕 나라로 실어다 줄 웅장한 배에 올라타자, 왕자가 말했다.

"너는 바다를 두려워하지 않지? 길에서 찾은 사랑스러운 여인."

그러고는 인어 공주에게 폭풍, 차분한 배, 깊은 바다의 낯선 물고기, 물속에 들어가서 보았던 경이로운 것들의 이야기를 들려주었다. 공주는 그런 이야기를 들으며 미소 지었다. 공주만큼이나 저 깊은 바닷속 이야기를 아는 사람은 없었으니까 말이다.

밝은 달빛 아래, 배를 모는 사람을 제외하고 모두 잠이 들었을 때 공주는 배 한쪽에 앉아서 투명한 바다를 들여다보며 아버지의 성을 상상했다. 성의 탑 맨 위에 할머니가 은색 왕관을 쓰고 서서 서둘러 흘러가는 배를 올려다보고 있다. 문득 언니들이 수면 위로 올라와 공주를 안타깝게 쳐다보면서 서로 하얀 손을 움켜잡았다. 공주는 웃으며 손을 흔들면서 모두 잘 되어 간다고, 자신은 행복하다고 알려주려고 했다. 하지만 선실에서 심부름을 하는 소년이 나오는 바람에 언니들이 재빨리 물속으로 들어가 버렸다. 소년은 자신이 본 넘실거리는 파도가 그저 바다의 거품이라고 생각했다.

이튿날 아침, 배는 이웃 왕의 화려한 도시의 항구에 들어섰다. 교회에서는 모두 종소리가 울려 퍼지고 높은 탑에서는 트럼펫을 부는 소리가 들려왔다. 군인들이 나부끼는 깃발과 반짝이는 총을 들고 한 줄로 섰다. 매일 축제 행사가 열렸다. 무도회 또는 또 다른 알현식이 이어졌지만 공주는 여전히 나타나지 않았다. 사람들이 말하기를 멀리 있는 수도원에서 왕실의 예의범절을 배우고 있다고 했다. 마침내 공주가 들어왔다.

인어 공주는 이 공주가 얼마나 아름다운지 궁금했었다. 솔직히 그렇게나 뛰어나게 아름다운 사람을 한 번도 본 적이 없었다. 피부는 투명하고 고우며 그 길고 짙은 속눈썹 뒤로 파란 눈동자가 진실 되고 순수하게 웃고 있었다.

왕자가 큰소리로 외쳤다.

"당신이었군요! 내가 죽은 듯 바닷가에 누워있을 때 나를 구해준 사람이군요."

왕자는 얼굴을 붉히는 신부를 두 팔로 안았다. 그러더니 인어 공주를 향해 말했다.

"아, 나는 누구보다 행복한 사람일 거야. 내 사랑하는 꿈, 감히 바랄 수도 없는 꿈이 이루어졌어. 넌 나의 이 큰 기쁨을 나와 함께 하겠지. 너는 나를 다른 누구보다 사랑하니까."

인어 공주는 왕자의 손에 입을 맞추며 심장이 깨질 것 같은 기분이 들었다. 결혼식 다음 날 아침 공주는 목숨을 잃고 물거품으로 변할 테니까 말이다.

교회의 종이 모두 울려 퍼지며 온 도시에 결혼식 소식을 전했다. 제단마다 값비싼 은 램프에 향유를 피워 올렸다. 사제들이 향로를 이리저리 흔들고 교황은 신랑과 신부에게 축성을 내려 주었다. 인어 공주는 황금색 실크 옷을 입고 신부의 긴 치맛자락을 붙잡았다. 하지만 결혼식 행진곡도 들리지 않고, 결혼식 풍경도 눈에 들어오지 않았다. 이 땅에서의 마지막 밤, 이 세상에서 잃어버린 그 모든 것들에 대한 생각뿐이었다.

그날 저녁 신부와 신랑은 배를 타러 갔다. 폭죽이 터지고 깃발이 휘날렸다. 배 갑판 위에 보라색과 황금색 왕실 천막이 차려지고, 우아한 잠자리가 마련되었다. 고요하고 맑은 밤 신혼부부는 여기에서 잠을 잘 것이다. 배는 산들바람을 타고 미끄러지듯 가볍게 지나가서 조용한 바다 위에서 거의 움직이지도 않는 것처럼 보였다. 해질녘 오색찬란한 색색 등이 켜지자 뱃사람들은 갑판 위에서 춤을 추었다. 인어 공주는 깊은 바다에서 처음으로 올라왔을 때 보았던 그 흥겨운 모습이 떠올랐다. 인어 공주는 먹이를 쫓는 제비처럼 함께 어울려 춤을 추었다. 모두가 인어 공주에게 박수를 보냈다. 실로 인어 공주가 그렇게나 멋지게 춤을 춘 적이 없기 때문이었다. 단검이 연약한 발을 찌르는 듯했지만, 애써 모른 체했다. 심장이 훨씬 더 큰 고통으로 아팠다. 자신의 사랑스러운 목소리를 아낌없이 버리고 끊임없는 고통을 감내했던 왕자를 보는 마지막 저녁이라는 것을 알았다. 반면 왕자는 이런 것들을 하나도 몰랐다. 인어 공주에게는 왕자와 같은 공기를 숨 쉬고 깊은 바다를 내려다보고, 파란 하늘의 무수한 밤을 올려다보는 마지막 밤이었다. 생각도 할 수 없고, 꿈도 꿀 수 없는 영원과도 같은 밤이 인어 공주를 기다리고 있다. 공주는 영혼이 없으며 영혼을 가질 수도 없다. 한밤이 지나도록 잔치가 이어졌다. 하지만 공주는 마음에 드리운 죽음의 생각을 잊고 웃으며 춤을 추었다. 왕자는 아름다운 신부에게 입을 맞추고 신부는 왕자의 칠흑처럼 검은 머리카락을 어루만졌다. 두 사람은 손에 손을 잡고 그 웅장한 천막 안으로 쉬러 들어갔다.

배 위로 침묵이 내려앉았다. 배를 모는 키잡이만 갑판에 남았다. 인어 공주는 벽에 기대어 서서 여명이 밝아오는 것을 보았다. 첫 여명이 비치자마자 자신이 죽으리라는 걸 알았다. 문득 넘실거리는 파도 사이로 언니들이 둥실 올라왔다. 언니들은 막내 공주만큼이나 창백했다. 산들바람이 빗겨주던 길고 사랑스러운 머리카락이 보이지 않았다. 전부 잘려 나갔다.

언니들이 말했다.

“우리 머리카락을 마녀한테 주었어, 너를 도와줄 방법을 얻으려고. 오늘 밤 네 목숨을 구해. 마녀가 우리에게 칼을 주었어. 이 날카로운 칼날을 봐! 해가 뜨기 전에, 넌 왕자의 심장에 이걸 꽂아야 해. 왕자의 뜨거운 피가 네 발을 적시면 발이 다시 하나가 되어 지느러미 꼬리로 변할 거야. 그러면 너는 다시 인어가 되어서 바닷속 우리한테 돌아올 수 있어. 죽어서 짠 바다의 거품이 될 때까지 삼백 년을 더 살 수 있다고. 서둘러! 왕자든 너든 해가 뜨기 전에 죽어야 해. 할머니는 슬픔에 빠져 하얀 머리카락이 계속 빠지고 있어, 꼭 마녀가 가위로 잘라버린 우리 머리카락 같아. 왕자를 죽여. 그리고 우리한테 돌아와. 서둘러! 서둘러! 하늘의 저 빨간 기운을 봐! 몇 분 있으면 태양이 떠오르고 넌 죽게 된단 말이야.”

그렇게 말하며 언니들은 깊은 한숨을 토해내고는 파도 아래로 가라앉았다.

인어 공주는 보라색 천막을 열었다. 아름다운 공주가 왕자의 가슴에 머리를 얹고 잠이 들었다. 인어 공주는 허리를 숙여 왕자의 이마에 입을 맞추었다. 서둘러 하루를 열기 위해 붉게 빛나고 있는 하늘을 보았다. 날카로운 칼을 보고 다시 왕자를 향해 눈을 돌렸다. 왕자는 자면서 신부의 이름을 중얼거렸다. 온통 신부 생각뿐이었다. 인어 공주의 손에 든 칼날이 바르르 떨렸다. 문득 공주는 칼을 저 멀리 바다 위로 휙 던져 버렸다. 칼이 바닷속에 풍덩 빠진 자리가 마치 부글부글 끓듯 피처럼 붉어졌다. 인어 공주는 이미 흐릿해진 눈으로 한 번 더 왕자를 보고는 밖으로 물러 나와 바다로 몸을 날렸다. 몸이 거품으로 녹아드는 느낌이었다.

태양이 떠올라, 햇빛이 따스하고 부드럽게 그 서늘한 바다 거품을 비추었다. 인어 공주는 죽음의 손길을 느끼지 못했다. 머리 위로 비추는 환한 햇빛 속에서 투명하고도 아름다운 생명체가 둥둥 떠다니는 게 보였다. 무척이나 투명해서 배의 하얀 돛과 하늘의 붉은 구름이 들여다보였다. 목소리는 음악과도 같아서, 지상의 눈이 인어들의 거품을 볼 수 없는 것처럼 인간의 귀로는 그 소리를 쫓을 수가 없었다. 날개도 없이, 이들은 공기만큼이나 가볍게 떠다녔다. 인어 공주는 자신이 저들과 같은 모양이라는 것을 알았다. 점점 거품에서 빠져나와 위로 올라가고 있었다.

"누구세요? 내가 어디로 가는 거죠?"

인어 공주가 물었다. 목소리가 위에서 들리는 것 같았다. 무척이나 신비해서 지상의 음악과는 도무지 어울리지 않았다.

"우리는 공기의 딸들이란다. 인어는 불멸의 영혼이 없어서 인간의 사랑을 얻지 못하면 영혼을 가질 수 없어. 인어의 영원한 생명은 몸 밖의 힘에 달렸지. 공기의 딸들도 불멸의 영혼이 없어. 하지만 착한 행동을 하면 얻을 수 있지. 우리는 남쪽으로 날아가. 우리가 차가운 바람을 불어넣지 않으면 그곳의 독약과도 같은 뜨거운 공기가 인간을 죽이거든. 우리는 가는 곳마다 신선함과 치유의 밤을 주는 꽃향기를 공기에 실어간단다. 삼백 년 동안 최선을 다해 좋은 일을 하면 우리는 불멸의 영혼과 인간의 영원한 은총을 나누어 받아. 너, 가엾은 인어야, 너도 이것을 위해 온 마음을 다 바쳐 노력했어. 너의 고통과 충실함이 하늘 높은 영혼의 왕국으로 너를 들어 올렸어. 이제 삼백 년 동안 선한 행동을 하면 절대 죽지 않을 영혼을 얻게 될 거야."

인어 공주는 투명하고 밝은 눈을 신의 태양을 향해 들어 올렸다. 처음으로 눈에 눈물이 고였다.

배 위는 서서히 활기를 띠며 다시 생기가 돌았다. 왕자와 그 아름다운 신부가 자신을 찾는 것이 보였다. 둘은 슬프게도 그 부글부글 끓는 거품을 쳐다보았다. 마치 인어 공주가 바닷속으로 몸을 던진 사실을 아는 것 같았다. 두 사람에게 보이지 않게 인어 공주는 신부의 이마에 입을 맞추고 왕자에게 미소를 보내고는 높이 흘러가는 장밋빛 구름으로 공기의 딸들과 함께 올라갔다.

"여기가 신의 왕궁으로 가는 길인가요, 삼백 년이 지난 후에?"

"좀 더 이를 수도 있어. 보이지 않게 우리는 아이들이 있는 인간들의 집으로 날아 들어가지. 매일 우리는 부모님을 기쁘게 하고 사랑받을 자격이 있는 착한 아이를 찾아. 그러면 신은 우리를 시험하는 날을 짧게 해줘. 아이는 우리가 자기 방을 둥둥 떠다닐 때 알지 못해. 하지만 우리가 그 아이를 향해 웃을 때 삼백 년에서 1년이 줄어든다는 뜻이야. 하지만 우리가 버릇없는 아이를 보면 우리는 슬픔의 눈물을 흘려야 해. 눈물 한 방울마다 우리 시험의 하루가 더 늘어나지."

작은 제주어 사전

해당 사전의 작성은 제주특별자치도가 발간한 『제주어 사전』(개정증보판, 2009)을 참고하였습니다. 단, 〈인어 공주(제주)〉의 단어들은 변종수 번역가께서 단어마다 달아주신 각주를 중심으로 정리해두었음을 밝힙니다.

구긴 애기 오리

ㄱ

- **가달** 다리
- **가들락-가들락(=가드락-가드락, 가들랑-가들랑, ᄀᆞ들락-ᄀᆞ들락)** 위로 치켜 들리거나 매달린 것이 발을 오그렸다 폈다 하는 모양
- **강쳉이** 갑자기 이는 폭풍
- **거리-치다** 누운 자세로 쓰러지게 하다
- **게난(=게니)** 그러니, 그러니까
- **경-ᄒᆞ다** 그러-하다
- **ᄀᆞ르치다** 가르치다
- **고냉이(=고넹이)** 고양이
- **고망** 구멍
- **골-밧** 수풀이 우거진 들
- **구짝(=고짝)** 곧장, 옆으로 빠지지 않고 곧바로

• **궤다(=괴다, 궤우다)** 특별히 귀엽게 사랑하다

- 죽엉 가민 썩어질 궤기, 미정 궤정 놈이나 궤라.

(죽어서 가면 썩어질 고기(육신), 미운정 고운정 남이나 사랑해라.)

• **금착** 덜컥. 깜짝. 갑자기 놀라거나 겁에 질려 가슴이 내려앉는 모양

ㄴ

• **나** 나이

• **낭-썹(=낭-섭, 낭-잎)** 나뭇-잎

ㄷ

• **데끼다(=널리다, 네끼다, 놀리다, 더지다)** 던지다

• **두령청-ᄒᆞ다** 정신이 얼떨하여 어리둥절하다

• **드르** 들

• **뚜럼** 행동이 굼뜨고 약간 모자란듯한 사람을 이르는 말

ㅁ

• **메-께라(=메께)**

남이 하는 짓이나 말이 너무도 기가 막힐 적에 내는 소리

• **몬딱** 모두

ㅂ

• **밧듸** 군데

• **버치다** 부치다, 힘이 모자라다

• **벌겅-ᄒᆞ다** 벌겋다

• **ᄇᆞ래다** 보다

ㅅ

• **속솜-ᄒᆞ다** 아무 말도 아니하고 입을 다물다

• **속다** 욕-보다. 어려움이나 수고를 당하다

• **숨-ᄇᆞ릅다** 기다리기가 지루하다

ㅇ

• **아멩-헤도(= 아미영-헤도, 아무리-헤도)** 아무리 하여도

• **알** 아래

• **앙작-ᄒᆞ다** 어린애가 엄살하며 소리내어 울다

- 자읜 무사 앙작헴시냐? (저아인 왜 울어대고 있니?)

• **와리다(=왜다)** 마음이 아주 조급하여 서두르다

• **왜-우르다** 소리를 높이 지르다

• **우방ᄌᆞ** 우엉

• **울-담** 집터의 주위에 둘러 쌓은 담

ㅈ

• **전디다** 견디다

• **지꺼-ᄒᆞ다** 기꺼워-하다

ㅋ

• **코소롱-ᄒᆞ다** 맛이나 냄새가 비위에 맞아 고소하다

• **큰큰-ᄒᆞ다** 크디-크다

곽팔이 지집아이

ㄱ

• **곱딱하다** 아주 매끈하고 곱다

• **과들랑-ᄒᆞ다** 채소류 따위가 숨이 죽지 않아 뻣뻣하다

• **곽** 성냥

• **곽살** 성냥개비

• **구덕** 바구니

• **구짝** 곧장. 옆으로 빠지지 않고 곧바로

ㄷ

• **두리다** 어리다

ㅁ

• **막-끗** 맨 마지막.

• **모롱** 모롱이. 모퉁이의 휘어 둘린 곳

ㅂ

- **베지근-ᄒᆞ다** 고기 따위를 끓인 국물 같은 것이 맛이 있다
- **벨-나다** 별-나다, 별-하다(= 벨-ᄒᆞ다)

ㅅ

- **설룬** 서럽고 불쌍한

ㅈ

- **지꺼-ᄒᆞ다** 기꺼워-하다
- **지집-아의(=기집-아의, 제집-아의)** 계집-아이
- **찍검** 지푸라기

ㅋ

- **코-풀레기(= 코-흘레기, 코-흘채기)**
  코-흘리개. 콧물이 늘 흘러나와 자꾸 훌쩍거리는 사람

ㅌ

- **트멍** 틈

ㅎ

- **허운데기** 머리(머리카락)를 조금 낮춰 부르는 제주어
- **헤끄만-ᄒᆞ다** 작다

인어 공주

ㄱ

- **가쟁이** 가지
  - 낭가쟁이가 거꺼지게 대작대작 ᄋᆢᆯ앗어라.

    (나무가지가 꺾어지게 주렁주렁 열었더라.)

- **개끔(=게꿈)** 거품. 입으로 내뿜는 속이 빈 침방울 따위

- **게(=개)** 포구

- **고장(= ᄀᆞᆺ, ᄁᆞᆺ)** 꽃

- **고추룩(=ᄀᆞ치, ᄀᆞ찌)** 같이
  - 게난 대패질ᄒᆞᆫ 모냥ᄀᆞ치 잘 까끄곡.

    (그러니까 대패질한 모양같이 잘 깎고.)

- **곰새기(=ᄀᆞᆷ세기, ᄀᆞᆷ새기, ᄀᆞᆷ수기)** 돌-고래

- **곱지다** 숨기다, 감추다

- **굴메(=그림제)** 그림자

ㄴ

- **낭(=나모, 나무, 남)** 나무
  - 곧은 낭은 가운디 산다.

    (곧은 나무는 가운데 선다.)

- **낭가지(=낭가젱이)** 나뭇가지

• **노실다(=ᄂᆞ실다, ᄂᆞ슬다, 놀쓰다.)** 날카롭다

• **놏(=ᄂᆞᆾ, 양지, 얼굴.)** 낮, 얼굴

- ᄂᆞᆾ 싯을 때 물 하영 쓰민, 죽엉 가민 다 먹어사 ᄒᆞᆫ다.

(낮 씻을 때 물 많이 쓰면, 죽어서 가면 다 먹어야 한다.*물이 귀한 시대의 세태를 반영한 속담)

• **느량(=늘, 느랑, 늘량, 늬량, 늬향)** 늘, 항상

ㄷ

• **또뜻허다(=ᄃᆞ스다, ᄃᆞ시다, ᄃᆞᆺ다, ᄃᆞᆺᄃᆞᆺ-ᄒᆞ다)** 따뜻하다

• **두린** 어린

• **두린아이(=두린아의)** 어린아이

• **똘(=ᄄᆞᆯ)** 딸

ㅁ

• **말잣-(=말젯-)** '셋째'의 뜻으로 쓰이는 말

- 경ᄒᆞ난 우리 말젯 건 지냥으로 고등혹교 어떵어떵ᄒᆞ연 ᄆᆞ치고.

(그렇게 하니까 우리 셋째 그것은 자기대로 고등학교를 어떻게 어떻게해서 마치고.)

• **모살(=몰레, 몰래)** 모래

ㅂ

• **번찍** ① (=버찍) 아주 의심할 것 없이 말갛게, 오직, 전혀

② 빛이 잠깐 비치는 모양

• **빈찍**　빛이 언뜻 나타나는 모양

ㅅ

• **산도록허다(=산도록ᄒᆞ다, 산도롱-ᄒᆞ다)**

싸느랗다, 조금 차거나 선선한 느낌이 있다

• **셋-**　'둘째'의 뜻으로 쓰이는 접두사

• **생이(=상이, 새)**　새

-생이 ᄒᆞᆫ ᄆᆞ리로 일뤠 잔치ᄒᆞ단 남안, 사돈칩이 졍 들어가도 이문이 걸린다. (새 한 마리로 이레 잔치를 하다가 남아서, 사돈집에 지고 들어가도 대문에 걸린다.)

• **서늉(=선용)**　사람의 모습이나 형상

• **섭파리**　이파리

• **쏘곱(=소곱, 속, 솝, 쏙)**　속(裏)

- 쐘 대 쏘곱에 박으난에 이거 두루 무끄믄 기냥 흘탁흘탁 빠져부러.

(쇠를 대 속에 박으니까 이거 덜 묶으면 그냥 헐렁헐렁 빠져버려.)

ㅇ

• **아꼬운**　귀여운, 사랑스러운

• **어멍(=어머니)**　어머니

- 유월 물이 그립덴 헤도 어멍보단 더 안 그립나.

(유월 물이 그립다고 해도 어머니보다 더 안 그립다.)

• **어염(=에염, 엠, 염, 이엄)** 곁, 주위, 옆, 가(邊), 근처

- 그 옛날은 그 질 에염에 가시덤벌 많이 이시니까.

(그 옛날은 그 길 옆에 가시덤불이 많이 있으니까.)

• **엄불랑지게** 엄청나게

• **용심내다** 몹시 언짢거나 못마땅하여 노여움을 나타내다

- 우는 사름 입이 고우멍 용심난 사름 말 곱느냐?

(우는 사람 입이 고우며 성난 사람 말 곱겠느냐?)

• **우뚝지(=엇게, 어깨)** 어깨

• **우렁** 위하여

• **이녁** 자기, 본인

- 수건을 확 벗어네 흔 귀때길 이녁 발모가지에 톡흐게 무꺼네 발을 쓸쓸 이레 둥기난. (수건을 확 벗어서 한 귀퉁이를 자기 발목에 탁하게 묶어서 발을 쓸쓸 이리로 당기니까.)

ㅈ

• **자울다** 기울다

• **자파리(=잡파리)** 장난. 장난감. 어떤 것을 가지고 하는 놀이 또는 장난

- 아멩헤도 흐썰 자파리헤 분 거라마씸.

(아무래도 좀 장난쳐 버린 것이지요.)

• **절(=놀)** 파도

• **절지치다** 파도치다

• **제라진** 최고의, 대단한

- **조꼬띠**　곁에
- ᄌᆞ(= **저꼇, 저꼇, 저끗, 적, 제꼇,** ᄌᆞᆽ, ᄌᆞᆨ.)　곁(側)
- **중싱(=짐승, 짐셍)**　짐승
- **지꺼하다**　기꺼워하다
- **지꺼지다**　기꺼하다, 즐겁다, 기뻐하다

  - 이레 ᄃᆞ락 저레 ᄃᆞ락 아이덜만 지꺼점저.

  (이리 달리고 저리 달리고 아이들만 기뻐하고 있다.)
- **직산허다**　앉거나 섰을 적에 윗몸을 기대다
- **진진허다**　길다

ㅋ

- **코콜허다**(=ᄏᆞᄏᆞᆯ-ᄒᆞ**다,** ᄏᆞᆯ**청**-ᄒᆞ**다,** ᄏᆞᆯᄏᆞᆯ-ᄒᆞ**다)**

  지저분하지 않고 깨끗하다

  - ᄏᆞᄏᆞᆯᄒᆞ게 마께로 두드리멍 걸레 뿔라.

  (깨끗하게 방망이로 두드리면서 걸레를 빨아라.)
- **쿰다**　품다. 가슴에 안다

ㅌ

- **튼내다(=튼나다)**　잊어버렸던 것을 생각해내다

  - 암만 생각헤도 가단 보민 똑 튼내영 ᄀᆞᆯ아점직만 ᄒᆞ우다.

  (아무리 생각해도 가다가 보면 꼭 떠올려서 말해질 듯 합니다.)

ㅍ

• **패족** 표시

• **폴(=풀)** 팔(臂)

- 잔 잡은 풀은 안터레 휜다. (잔 잡은 팔은 안으로 휜다.)

ㅎ

• **하영** 많이

- 밥 하영 먹으라. (밥 많이 먹어라.)

• **허운데기** 머리(머리카락)를 조금 낮춰 부르는 제주어

* 참고: 〈인어공주〉(제주)에 쓰인 공주들의 지칭어에 관한 대화

편집자: 번역가님께서 넷째를 '샛말젯'으로, 다섯째를 '족은말젯'으로 번역해주셨는데요. 사전에서는 '말젯-'이 '셋째'의 의미로만 정의되어 있어서요. 이 표현의 쓰임에 대해 더 알고 싶습니다.

변종수 번역가: '말젯-'은 일반적으로 '셋째'를 지칭하지만, 사람이나 상황에 따라 달라지기도 합니다. 또한 '말젯-'을 쓰지 않고 말할 수도 있습니다. 예를 들어 넷째를 말하고 싶다면, 셋째의 이름을 말한 후 "그 바로 아래 동생이주게."라고 표현할 수 있습니다. 여섯 명 중에 다섯째를 부르고 싶을 때는 "막둥이 바로 우이 아덜이주게(막둥이 바로 위의 아들이지)." 라고 표현할 수 있겠죠. 그러나 보편적으로 셋을 넘어서면 '말젯-'을 다시 나누어 쓰기에 그렇게 번역하였습니다.

제주어로 읽는 안데르센 동화

지은이 김선희, 김민희, 변종수, 이에스더, 유지수

발 행 2023년 07월 07일
펴낸이 한건희
펴낸곳 주식회사 부크크
출판사등록 2014.07.15.(제2014-16호)
주 소 서울특별시 금천구 가산디지털1로 119 SK트윈타워 A동 305호
전 화 1670-8316
이메일 info.bookk.co.kr
isbn 979-11-410-3335-4